노을을 수놓다

최현숙 수필집

노을을 수놓다

도서출판 한글

머리말

다섯 번째 수필집 『노을을 수놓다』를 책으로 엮으며
오랜 망설임 끝에 소리 내어 읽어본다.
막내자식 출가시키는 듯한 시원섭섭함은 무슨 의미인지
가슴에 끓어오르는 정열들이 세월의 두께만큼 굳어져
쉽사리 명주실처럼 유연하게 풀어내지 못하고
할 말은 많은데 말문이 닫힌 듯 냉가슴을 앓는다.
내 이제 모든 것들 잠재우고 끈적하게 따라오는 내 인생을
한 폭의 그림으로 수를 놓으려 한다.

노을을 수놓다

노을이 유난히 고운 날 바닷길을 걷는다.
영원할 것 같던 하루가 진홍빛 노을에 씻겨간다
사라져 가는 마지막 마무리를 화려하게 펼치고 있다
유리창을 따스하게 비추던 아침햇살도
한낮의 젊은 태양도 모두 거짓말처럼 사위어 간다.

저 고운 노을 한 구석에 내가 걸어온 생의 발자국과
고독과 눈물과 사랑의 시간들을 수틀에 옮겨 놓고 싶다
곡예사처럼 숨 막히던 순간들을 지나서 여기까지 왔다

작은 툇마루에 반짝이던 아침 햇살 같은 자식들
거센 폭풍 몰아치는 속에서도
내 품안에 보물을 품고 있었기에
여기까지 올 수 있었다.

어느덧 수많은 날들을 하루 해지듯 보내고
노을은 이미 나를 둘러싸고 휘장을 걷으며 저무는 하늘
해님의 생은 필 때나 질 때나 저리도 아름답듯이
나의 마무리도 저렇게 아름다웠으면 좋겠다.

◀ 차 례 ▶

서시 ‖ 노을을 수놓다

1부 가슴으로 받은 선물

가슴으로 받은 선물   15

소중한 디딤돌   20

노란 리본의 물결(돌아오라)   24

수다가 그리운 날   30

우울증   34

미운 우리 새끼(미우새)   38

텔레파시의 진실   42

이별 공포증   48

눈물 자국   52

포기가 아름다울 때   55

탈색되기 전에 지는 꽃   58

멋스러운 귀둥이 아빠   61

2부　눈꽃 위에 핀 카네이션

시계탑 사거리　67

푸짐한 종갓집　70

주는 사랑　73

나를 위한 선물　76

흐려지는 종갓집　78

네가 스승이다　81

왕과 친구　85

반세기 속의 사람들　89

고운이의 행복　93

어머니의 명절나기　97

눈꽃 위에 핀 카네이션　101

작은 소녀의 하루　106

3부 추억만 먹고 살기엔 아직 젊어

악몽 113

뿌리 깊은 사랑 119

물기 서린 담배연기 123

팔짱을 껴본 후에 126

살림 밑천 맏딸 130

생강차 한잔의 감동 135

터미널의 질주 139

낯선 길 위에서 142

추억만 먹고 살기엔 아직 젊어 145

엄마 하시던 대로 하세요 149

아름다운 만남 153

부부로 산다는 건 157

4부 후회, 그리고 행복

빈 가슴 시려도 165

후회! 그리고 행복 168

가슴으로 그리는 그림 172

석양의 해운대 175

사진은 증거를 남기는 예술 178

그녀의 가슴엔 큰 고래가 살고 있었다 181

눈물의 무게 188

친정아버지 193

유서 쓰기 199

하얀 무지개 203

1부
가슴으로 받은 선물

가슴으로 받은 선물

아직은 희뿌연 새벽안개가 걷히지 않은 이른 새벽이다.

작은 벽시계의 숫자가 희미하게 작은 침이 겨우 4를 넘어선 것을 보아 4시가 조금 넘은 것 같다. 다시 잠자리에 들려다가 목이 말라 주방으로 가서 정수기 앞으로 갔다. 도자기로 된 정수기를 마주할 때마다 언제나 기분이 좋아지고 김 선생의 맑은 모습이 생각난다. 이렇게 멋스럽고 고급스러운 정수기는 나의 첫 작품『좋은 날의 일기』를 출판 후에 독자들로부터 많은 선물을 받았었는데 그중에 가장 기억에 남는 선물 중에 하나다. 나는 이 새벽에 김 선생과 그 날들을 기억하고 싶어 컴퓨터에 마주앉는다.

선물을 받는다는 것은 크든 작든 그 자체로 행복하다. 살아오면서 누구나 많은 선물을 주고받는다. 그중에는 부담이 되는 선물도 있고 때로는 오래도록 간직하고 싶은 선물도 있다.

내가 처음 장편소설『좋은 날의 일기』를 출판했을 때 문인협회에 가입하고 한 번도 모임이 없었기에 선생님들을 모시지 못하고 출판기념회를 열어서 존경하는 선생님들의 평을 받고 싶어 우체국까지 책을 가지고 가서 어렵게 문인협회 전 회원님들 댁으로 보내드렸다. 그 후 문인협회 선생님들께서 보내주시는 많은 격려의 메일과 문자 메시지 그리고 정성어린 선물들은 나를 설레게 하는 최고의 선물이기도 했다.

어쩌면 제 자랑 하는 모양새가 될지 모르지만 나는 그 많은 아름다운 선물들을 잊지 않기 위해 되새겨 보려고 한다.

선생님들께서는 황금색으로 된 책갈피와 예쁜 카드와 엽서와 책을 보내주셨다. 한겨레신문에서 봤다면서 인천에 사는 청년 독자는 우울증을 앓고 있었는데 많은 도움이 됐다며 건어물 상자를 보내주셨고 어느 여성독자는 손수 농사지은 고구마를 보냈다며 전화가 왔다. 서울 어느 화백님은 입체감 넘치는 훌륭한 그림 몇 점을 보내주시기도 하셨고 전라도 K대학교 여교수님은 내 주소를 몰라서 울산대학 김성춘 교수님께 전해지고 내 손에 들어오기까지 한 달이 조금 넘어서, 직접 쓰신 책과 손 편지를 받기도 했다.

그리고 고향 친구의 아름다운 한복, 내 이름이 새겨진 수공예만년필과 실크머플러까지, 다양한 선물을 많이 받았다. 지금까지 살면서 이처럼 가슴 벅찬 선물을 많이 받아본 적이 없었다.

문인협회 카페엔 댓글이 수없이 올라왔었다.

"상큼한 공기를 마신 것 같다."고

"뒤가 궁금해서 책을 덮을 수가 없어 새벽까지 단숨에 읽었다"고

"네 번째 읽으면서 새벽까지 읽느라고 잠을 못 잤다"던 고향 친구.

"회갑이 넘은 이 나이에 소설책 보며 울다 웃다 하기는 처음이다"라던 독자.

초보 작가로서 듣기 좋은 말씀과 경려의 말씀들을 많이 해 주셨다.

모두가 행복 넘치는 선물이었다.

하지만 선생님들을 알아보지 못해서 누구에게도 감사의 말씀도 제대로 못 드린 것이 아직도 죄스러움과 아쉬움으로 남았다.

하루는 쉬는 날인데 여성독자한테서 차를 한잔 대접하고 싶다며 전화가 왔다.

집 앞까지 승용차를 가지고 온 용모 단정한 그녀는 승용차를 외곽지로 몰더니 어느 가든으로 들어갔다. 예약된 음식이 들어오면서 어느 중학교에서 수학을 가르치고 있다며 자기소개를 했다.

지인의 소개로 백화점 내 문고에서 『좋은 날의 일기』를 사서 밤늦도록 단숨에 읽고 많이 울었다고 하는 여선생은 눈시울이 빨갛게 상기되었다.

아버지가 직업군인 장교로 계시다가 돌아가셨을 때 어머니가 2년 만에 재혼을 하셔서 너무 섭섭해서 같은 울산에 살면서도 7여 년 동안 남으로 살았는데 체험소설 『좋은 날의 일기』를 읽고 밤새도록 울다가 이른 새벽에 친정어머니께 전화를 드리고 화해를 했다면서 눈물을 흘렸고 나도 여선생 따라 눈가를 닦았다.

"부족한 제 책이 좋은 일을 했군요." 하면서 그녀의 손을 잡았다.

"엄마는 우리한테 짐이 될까 봐 재혼하셨는데 저는 아이 둘 낳아 키우도록 그걸 이해 못하고 7년을 남으로 살았습니다."

"아니에요. 지금이라도 다시 만났으니 얼마나 좋아요. 엄마라고 부를 수 있는 사람이 이 세상에 있다는 것만으로도 행복하잖아요."

말하는데 돌아가신 친정어머니 생각에 눈물이 볼을 타고 흘렀다. 그 후 여선생은 휴일에 엄마와 여행 갔었다는 전화도 하고 엄마를 만날 때마다 선생님 생각이 난다고 했다.

나는 지금이라도 어머니를 만난 여선생이 몹시 부러웠다. 내가 그 젊은 여선생한테 정말 잊지 못할 선물을 준 것 같고, 가슴으로 느끼는 따스함과 글을 쓰는데 대한 용기와 보람을 느끼도록 여선생 역시 나에게 달콤한 선물을 주었다.

선물은 부피가 있고 보이는 것만이 아닌 것 같다. 작은 행동으로 상대를 기쁘게 해준다면 그야말로 큰 선물이 될 것 같다.

며칠 후 여선생은 도자기로 된 멋진 정수기를 승용차에 싣고 와서 설치해 주고 사용법까지 꼼꼼하게 가르쳐주기도 했다.

동천 체육관에서 울산광역시 체험수필 공모전 대상수상식이 있던 날 꽃다발을 든 아들은 무대로 올라와 시장님으로부터 상패를 받은 어미를 업고 무대를 빙글빙글 돌았고 시장님과 수많은 사람들은 박수를 쳐주었다. 아들은 부족한 어미가 대상받는 게 놀랍고 좋았던 모양이다. 순간 아들의 모습에서 남편의 모습이 보였다. 직장 테니스 선수였던 남편이 운동장에서 트로피를 받으면 모든 일 제쳐놓고 집으로 달려와 트로피를 시어머니 가슴에 안겨드리고 시어머니를 업고 마당을 빙글빙글 돌았던 모습이 떠올랐다. 며느리도 축하의 메시지를 보내주고 내가 아이스크림 가게를 하고 있는 대형마트 점장님께서는 직원에게 꽃다발을 들려 보내주시기도 했다. 딸도 꽃다발을 안고 함박웃음을 머금은 채 달려왔으며 시인협회 대표로 사무장인 주여옥 선생님과 내가 구연동화해 주는 유치원 원장님도 바쁜 일 제쳐두고 꽃다발을 들고 오셨다.

복지관 형님들은 큰 꽃바구니와 그리고 솜씨 좋으신 형님은 작은 코바늘뜨개실로 예쁜 개량한복을 짜주셨으니 이 모두가 나에게는 평생 잊을 수 없는 황홀한 선물이다.

아직까지 마음이 짠한 선물을 받은 적도 있다.

아이스크림 가게를 하다 보니 우리 가게 앞에는 아이들이 흘린 아이스크림 때문에 더러워질 때가 많다. 따로 청소하는 미화부 아줌마들이 있지만 더럽기도 하고 내 가게 앞이니 밀대로 하루에도 몇 번씩 자주 닦는다. 그런데 어느 날 미화부 아줌마가 작은 검정 비닐봉지를 주면서 "내가 할 일을 대신해서 매일 닦아줘서 고맙다"고 했다.

"우리 가게 앞이고 우리 고객들이 더럽혔으니 당연하다"고 해도 그 아줌마는 "고맙지만 드릴 게 없다며 직접 농사지은 거라."며 작은 검정 비닐봉지를 주고는 웃으며 갔다. 그가 간 뒤에 열어보니 비닐봉지 안에는 쌀이 들어 있었다.

순간 조금 황당하기도 했고 잠시 후엔 마음이 짠하기도 했다. 가슴에 깊은 사랑과 울림은 있었는데 그냥 멍했던 것 같다.

옛날에는 짚으로 엮은 달걀 꾸러미를 선물하기도 했다지만 때 아닌 쌀을 선물을 받고 잠시 멍했던 적이 있다.

선물은 정성과 마음인 것 같다. 아줌마가 직접 농사지은 정성이 든 선물을 집으로 가져와 다음날 아침에 밥을 지어 먹으면서 쌀을 준 아줌마를 생각하며 맛나게 먹었다.

소중한 디딤돌

　지구의 온 땅덩어리가 오염이 된 탓인지 해마다 더 더워지는 날씨는 에어컨 바람도 별 제구실을 못하는 듯 열기는 가만히 있어도 덥고 피곤하다.

　그때 우리 가게 옆 주차장에서 무거운 쇳덩어리 카트기가 줄을 지어 들어온다.

　대학생들이나 취직하기 직전의 젊은이들이 아르바이트로 잠시 일하면서 사회경험을 쌓는 곳이다.

　여름에는 땀이 범벅이 되고 겨울에는 볼이 빨갛게 얼어 있다. 국가에서 정한 최저 임금을 받고 그들은 현장에서 사회진출을 향한 공부를 하는 것이다.

　선배와 상사들의 지시와 명령에 복종하며 고객들에게 불편함 없이 흩어진 카트기를 찾아서 정리정돈하며 겸손과 땀 흘린 노동으로 받는 돈의 소중함과 경험은 사회의 디딤돌이 될 것이다.

　때로는 자식 키우는 엄마로서 안쓰러운 마음에 아이스크림도 나누어 주며 "사서 하는 귀한 고생이니 많은 경험을 배워가라"고 말하면 이마에 흐르는 땀을 손으로 문지르며 씩 웃는다.

　힘차게 카트기를 밀고 들어오는 그 젊은이들한테서 오래 전 우리 아이들을 본다. 객지에서 대학생활을 하던 아들은 방학 때마다 많은 아르바이트를 한 것 같다.

공무원 아버지와 수예점하는 엄마를 둔 아이들은 자라면서 경제적으로 큰 어려움은 없이 키웠다고 생각되지만 대학 다닐 때는 많은 아르바이트를 해보기를 권했다.

엄마 아버지로부터 편하게 받아쓰던 돈을 사회에 나가서 직적 벌어보고 많은 경험을 배우도록 하기 위해서였다.

아들이 처음 시작했던 아르바이트는 겨울방학에 식당 불판 닦는 일을 했는데 하루에 백여 개까지 닦아 봤다고 하며 웃던 모습에 마음이 아프기도 했지만 주인과 고객들의 마음까지 헤아려야 하는 것 또한 사회의 기초 경험이라고 말했다.

요즘은 닦아주는 업체가 따로 있지만 당시에는 일일이 사람 손으로 닦았다. 얼마나 손이 시리고 힘들었을까. 계모도 아니면서 애를 왜 그런 걸 하게 했는지 후회도 되었다.

또 한 번은 여름 방학 때 선배 따라 수박을 팔아보겠다며 작은 트럭까지 빌려와 경매인을 통해 수박을 사서 한 트럭을 싣고 왔다. 나는 작은 트럭으로 가득 실린 수박을 보고 깜짝 놀랐다

"이 많은 수박을 어떻게 팔려고 애가 이러누?"

걱정을 했지만 수박은 예상외로 이웃에서 많이 팔고 나머지는 아파트로 가서 우후 3시쯤 다 팔고 돌아왔다. 아들은 뜨거운 여름 햇볕에 얼굴이 빨갛게 익은 얼굴로 좋아했다.

그리고 처음 해보는 장사에 재미를 붙인 아들은 한번만 더 해 보겠다고 해서 말렸지만 다음날 다시 수박을 한 차 싣고 왔다. 이웃 사람들이 "수예점 보물 1호가 오늘도 수박 장사하네." 하며 웃으며 말했다.

하지만 트럭 위에서 수박을 자르던 아들은 낭패스러운 얼굴로 당황해 했다. 수박이 자르는 것마다 익지 않았기 때문이었다.

놀라고 황당해하던 아들은 어디서 들었는지 소주 몇 병을 사서 트럭에 올라가더니 수박에 뿌리고 두꺼운 마포를 구해다가 다음날 아침까지 덮어 두었다.

밤늦도록 아들 방에는 불이 켜져 있었고 아들은 밤새 뒤척이며 잠을 못 이루는 것 같더니 다음날 아침 일찍 차에 올라가서 수박을 자르는데 이번엔 수박이 익지도 않고 모두 녹아내려 폭삭했다.

나는 아들의 실망하는 모습에 마음이 아팠지만 아무 말도 하지 않았다. 아들은 마포가 덮인 수박을 싣고 어디론가 가더니 오후 해질녘에 지친 모습으로 돌아왔다.

그리고 "엄마 죄송해요, 엄마가 그만하라고 할 때 말을 들었어야 하는데." 하면서 이야기를 했다. 지난번에는 선배가 시키는 대로 경매인에게 의뢰해서 잘 익은 수박을 샀지만 오늘 것은 경험도 없으면서 경매인을 안 거치고 직접 상인한테 샀다고 했다.

장사를 겨우 한번 해보고 감히 전문가를 외면하고 물건을 산 것에 대한 후회와 엄마의 그만하라는 말을 안 들었던 자신의 잘못까지 깨달은 아들의 얼굴에 눈물이 흘러내렸다.

아들은 이제 겨우 제대하고 복학하는 20대 대학생으로 중년에 겪어야 할 좌절과 아픔을 겪은 셈이다. 혼자서 강가에다 구덩이를 파고 많은 수박을 묻었다고 했다. 그 순간 얼마나 마음이 아팠을 아들을 생각하니 내 마음이 아들의 몇 배로 아팠다. 하지만 "그래 이번에도 처음 가져왔을 때처럼 돈을 많이 벌었다면 너는 평생 수박장사를 하겠다고 했을지도 모르는데……. 좋은 공부를 했다고 생각해."하고 아들의 손을 잡아줬다.

그 후 새벽에 녹즙 배달일도 하면서 사장님한테 따로 얻은 한 봉은 '엄마, 이 녹즙은 다른 사람 주지 말고 꼭 엄마 드세요.' 하는 메모와 함께 내 머리맡에 두었다.

이 추운날 무거운 녹즙 가방을 메고 배달하고 있을 아들 생각에 나는 목이 멨다 그리고

"그래 사회생활은 지금보다 더 독하고 어려움이 많을 거다. 추운 것도 어려운 것도 먼저 겪어 보며 배우니 감사하다." 하고 두 손을 모았다.

이웃 사람들은 왜 아들을 그렇게 고생시키느냐고 했지만 나는 체험으로 얻는 많은 것들이 아들의 내일에 훌륭한 디딤돌이 될 것이라고 생각했기 때문에 나는 여러 가지 경험을 권했다.

녹즙 배달을 마치고 손이 꽁꽁 얼어서 들어온 아들의 손을 만져주며 태연한 척하기는 너무 어려웠지만 아들은 내 마음을 먼저 알고 배달하면서 있었던 얘기들을 하며 나를 웃게 만들었다.

지금도 가끔 아들은 학창시절에 많은 경험을 쌓았던 것이 사회생활에 큰 도움이 되었다며 엄마가 고맙다고 했다.

아들은 벌써 중년이 되어 작은 벤처기업사 본부장으로 일하면서 대학 강의도 한다. 지금 동분서주 바쁘게 일할 수 있는 것도 어머니 덕분이라는 아들이 고맙다.

노란 리본의 물결(돌아오라)

4월의 중순 어느 따뜻한 봄날. 마트에서 부산 대형마트 안에 아이스크림 가게 분점을 내 보지 않겠느냐? 고해서 아들과 부산대형마트에 전망이나 위치를 둘러보러 가는 길이다. 길가의 작은 연녹색 은행잎이 봄햇살에 눈부시다.

아직 완전하지 못한 작은 잎을 애교스럽게 찰랑이는 모습이 오늘따라 흐느끼는 듯 눈물을 뿌리며 애처롭게 우리 옆을 지나간다.

그 가엾은 모습은 나만의 느낌은 아닐 것이다. 거리의 오가는 사람들의 한 일(一)자로 꽉! 다문 입가엔 울음 섞인 화가 묻어 있고 지구촌 천체가 슬픔에 잠겼다.

어떡해야 하나!

어떡해야 꽃 같은 너희들을 무사히 데려올 수 있을지, 온 나라가 노란 리본의 물결과 희망의 촛불로 눈물어린 기도를 한다.

온 종일 방송에서는 뒤늦은 수습대책으로 우왕좌왕하고 모든 사람들의 마음은 또 하나의 바다를 이룬다.

참으로 부모 되고 어른이라는 게 부끄러운 날이다. 책임감 없는 어른들의 욕심 때문에 다 키운 자식들 바다에 던져 버리다니

사망이 300이면 어미와 가족까지 900명, 1000명을 죽이는 것과 같다. TV에서 울부짖는 유족들의 말대로 안 당해본 사람은 모를 것이다.

무엇으로도 치유되지 않을 상처, 차라리 같이 죽고 싶은 심정일 것이다.

　지금 내 옆에서 든든하게 나의 보호자가 되어 운전을 하고 있는 큰 아들 4살 때 일이다. 돌아가신 시어머니 생신 상차리기 위해 모든 형제 분들이 제천역 앞에서 제재소를 하시는 큰집으로 모였다.

　아직 돌도 안 지난 둘째아이를 업고 한참 음식을 만들다가 점심때가 된 것 같아 큰아이를 찾으니 아이가 보이지 않았다. 집안 모두를 찾았지만 아이는 보이지 않고 우리 아이보다 5살 많은 큰집 조카가 몇 시간 전에 데리고 나갔다가 저 혼자 들어왔다는 것이다. 당황하여 하던 음식을 그냥 두고 가족들 모두가 밖으로 나와 아이를 찾았지만 아이는 어디에도 없었다.

　벌써 해는 지려고 하는데 어떡해야 좋을지 허둥대며 파출소와 동사무소에 신고를 해서 동사무소에서는 몇 차례 방송을 했다.

　어느덧 거리엔 상점마다 전등이 켜졌다.

　나는 새끼 잃은 짐승처럼 아이 이름을 울부짖으며 거리를 헤맸다. 길가에 서 있는 가드레인이 모두 아이만 같아 몇 번이고 뛰어갔다가 실망하고 가드레인을 잡고 우는데 앞에서 여자의 울음소리가 났다. 그 아줌마도 아이를 잃고 헤매고 있었다. 우리는 서로 연락처를 주면서 아이들의 인상착의를 말하며 혹시나 보거든 연락하기로 했다. 밤이 점점 깊어갈수록 불안하고 초조하기 이를 데가 없었다. 돌아다니다 혹시나, 하고 집에 왔다가 실망하고 다시 깊은 밤거리로 뛰어 나갔다. 뒤에서 형님이 "은진아, 작은엄마 따라가 봐라. 저러다가 아이 찾기 전에 어미가 먼저 무슨 일 당할 것 같다"는 소리가 들렸다.

　어두운 밤길을 돌아다니는데 급히 신고 나온 슬리퍼가 거치적거려 벗어던지고 밤소리가 멀리 갈 테니 어디서라도 어미 목소리 듣고 나오라고 목구멍에서 피가 나도록 큰소리로 아이 이름을 불렀다. 뒤 따라오던 질녀가 놀랐는지 내가 벗어던진 신발을 들고 집으로 가서 "작은엄마가 미쳐 버린 것 같다"고 하더란다.

모든 신에게 내게 죄가 있다면 제발 용서해 주시고 아이를 찾게 해 달라고 빌었다. 그런데 문득 생각나는 일이 있었다. 아주 어렸을 때 친척 오빠가 참새 한 마리를 잡아다가 내 방문 앞에 실로 묶어 놓았다. 참새가 짹짹거리며 깡충깡충 뛰어다니는 게 너무 예뻐서 한참 보다가 엎드린 채 잠이 들었다. 시끄러운 소리에 눈을 떠 보니 우리나라 참새 모두 우리 마당에 날아와서 고개를 똑바로 세우고 작은 눈을 반짝거리며 묶여 있는 참새 주위를 짹짹거리고 깡충거리며 돌아다녔다.

나는 놀라서 얼른 참새를 풀어주고 싶었지만 마당으로 가득한 참새가 모두 한꺼번에 나한테 달려들 것만 같아 무서워서 문을 살며시 닫고 문구멍으로 내다보았는데 참새들이 한참 아기 참새 주위를 바쁘게 왔다 갔다 하더니 기어이 실을 끊고 아기 참새를 데리고 날아갔다. 나는 방문도 못 열고 한참 동안 참새들이 날아간 하늘을 작은 문구멍으로 보고 있었던 게 생각났다.

나는 그 자리에 꿇어앉아 두 손으로 빌었다. 알게 모르게 지은 죄가 있다면 모두 용서해 달라고 빌었다. 그때의 내 모습을 누구라도 봤더라면 온전한 사람으로 볼 수 없었을 것이다.

어느 사이에 뿌옇게 새벽이 오고 신문 돌리는 사람들과 학생들을 만났다 "혹시 도랑이나 개천에 아이 빠진 거 못 봤나?"고 물었다. 그리고 개천으로 내려가 개천을 따라가며 아이 이름을 불렀다.

해가 떠오르도록 한참을 돌아다니다 혹시나 집으로 연락이라도 왔을지, 하는 마음에 큰집으로 가니 집안 온 가족들이 방안에 있는 것이다. 순간 너무 서운한 나머지 "방안에만 있으면 아이가 저절로 오느냐"며 마루에 엎드려 엉엉 울었다.

모두 놀라서 밖으로 나오셨고 큰형님이 나를 일으켜 안으며 "아이를 구체적으로 찾으려는 의논을 했다"고 하셨다.

모두 급하게 밖으로 나오는데 남편이 전봇대 밑에 가마니를 들쳐보는 바람에 모두 눈물을 흘리며 눈가를 훔쳤다. 큰 시숙은 TV방송국으로 가시고 남편은 제천 철도청으로 가서 사정 얘기를 해서 선배후배들과 직원들이 모두 아이를 찾아 나섰다. 나는 지나가는 경찰차를 세웠다.

"제가 객지에 와서 4살 먹은 아이를 잃었습니다. 제발 내 아이를 찾아주세요 엉엉."

맨발의 젊은 여자가 밤새 큰소리로 아이 이름을 부르며 돌아다닌 탓에 목소리는 전혀 들리지 않았고 몰골이 반은 실성한 것 같은 나를 얼른 타라고 했다.

경찰차를 타고 시내를 돌아다니며 경찰과 번갈아 가며 아이를 찾는다고 방송을 했다(40년 전 일이니 가능하지 않았을까? 하는 생각도 한다)

그러는 동안 피가 마르는 시간이 가고 벌써 한나절이 넘어 가고 있었다. 제천 전체를 이 잡듯이 뒤지고 작은 골목까지 구석구석 뒤졌지만 아이의 흔적조차 찾을 수 없었다. 다시 동사무소에 가서 한번만 더 방송을 해 달라고 매달렸다.

아침저녁 두 번만 가능한 방송을 딱해서인지 다시 방송을 했다.

"4살 먹은 남자 아이를 찾습니다. 위에는 붉은색에 흰 체크무늬가 있는 남방과 진남색 바탕에 흰 체크가 있는 반바지에 흰 운동화를 신은 4살쯤 되어 보이는 아이를 보셨거나 보호하고 계시는 분은 역전 파출소나 동사무실로 연락해 주시기 바랍니다. 다시 한 번 말씀 드리겠습니다."

몇 번의 방송이 제천 전체를 울려 퍼졌다.

저녁 무렵엔 의림지에서 다리를 뻗치고 앉아 울면서 들었다. 길가는 사람들이 친절하게 사연을 묻기도 하고 자기도 찾아보겠다고 했다. 불안함 속에 시간은 벌써 서쪽하늘에 희미한 노을을 비치고 있었다. 다시 역전 파출소까지 숨 닿는 데까지 뛰었다. 순경을 붙잡고 애원을 했다. 제발 내 아이를 찾아 달라고.

순경들도 눈시울을 적시며 "최선을 다하겠다고 했다." 그때 나하고 같이 아이를 잃어버리고 찾아다니던 애기엄마가 파출소로 들어오며 "아줌마네 애기는 의림지 앞에 큰 나무대문 집에 있다"는 것이다. 그 아줌마가 "아저씨는 방송도 못 들으셨냐? 아이 엄마가 얼마나 애 끓이며 아이를 찾아 헤매는데 왜 아직 안 데려다 주느냐고?" 하니 그 아저씨가 "어제 길에서 울고 있던 아이를 이틀이나 씻기고 먹이고 했는데 그냥 데려다 줄 수는 없지 않느냐"고 하더란다. 순간 큰집에 간다고 남편이 서울 교육 갔다 오면서 백화점에서 사왔던 당시 메이커 옷을 입혀 갔던 게 생각났다.

옆에서 듣고 있던 파출소 소장님은 화를 내시며 "이런 사람들을 그냥 두어서는 안 된다" 하면서 "아주머니는 잠시 여기서 기다리면 우리가 가서 아이와 그 사람을 데려고 오겠다."고 했다. 나는 얼른 큰집에 전화로 의림지 앞에 큰 나무대문 집으로 오라고 하고는 "아저씨, 저는 아이만 찾으면 돼요. 저도 가게 해주세요."하며 먼저 경찰차에 올라탔다.

큰 나무 대문 집은 도로 바로 옆에 있었고 아이를 찾아다니며 몇 번 봤던 집이라 바로 찾을 수 있었다. 순경들이 내리기 전에 먼저 내려가니 대문 앞에 남편과 가족들이 먼저 와 있었다. 나 혼자 대문 안으로 들어갔다. 젊은 남자가 어색하게 아이를 안고 있었다.

아이는 놀란 탓인지 하루 만에 멍청해진 듯 어미를 보고도 눈만 껌뻑거리고 있었다. 나는 얼른 빼앗듯이 아이를 안았는데 온몸이 부르르 떨렸다. 그 남자에게 아이를 잘 봐주셔서 고맙다고 인사를 하고 나오고 남편과 아이들 고모부가 그 남자와 한참 얘기를 하고 나왔다. 잠시 후 그 남자는 경찰차를 타고 우리 옆을 지나갔다.

TV에서 자식을 잃고 울부짖는 부모의 마음은 무슨 말로도 위로가 안 된다. 위로의 말까지 모두가 상처가 될 뿐이다.

노란리본과 작은 촛불에 담은 희망이 모여 꿈같은, 큰 기적이 일어나기를 마음으로 빌고 또 빈다.

수다가 그리운 날

짙은 가을, 모처럼의 휴일인데 공연히 마음 한구석이 우울하다.

손전화기도 온종일 먹통인지 광고 문자도 한번 오지 않는다. 누군가를 만나서 수다라도 떨고 싶은데 아는 사람은 너무 많은데 그냥 발 가는 대로 찾아갈 만한 친구는 생각나지 않는다.

나는 어쩌다 따뜻한 고향을 두고 낯선 이곳에 와서 이토록 외로움을 견디며 살고 있는지 즐거워도 찾아가고 속상한 일 있어도 아무 때라도 계산 없이 찾아가서 온종일 수다 떨던 고향 친구가 이렇게도 보고 싶고 그리운지…….

공허한 마음을 다스리려 무작정 집을 나서 사람 많은 공원으로 갔다. 즐겁게 나들이하는 사람들 사이에서 허전한 마음을 채워 보고 싶은 마음에서다.

아이들을 데리고 온, 많은 사람들이 햇살 좋은 휴일을 만끽하며 모두 즐거운 모습이다. 연못 주위엔 백색 머리 갈대가 늦가을의 햇볕을 받아 반짝이며 살랑 바람에 허리춤을 춘다.

몇몇 사내아이들이 연못 난간 옆에서 까르르 웃는다. 공기마저 정화시킬 것 같은 아이들의 맑은 웃음소리가 청량한 음료수를 마신 듯 우울하던 마음까지 상쾌해진다.

인생에서 가장 행복한 시절은 아이들 고등학교 들어가기 전 맛난 거

사달라고 조르고 해수욕장 가자고 조르던 때인 것 같다. 아이들 데리고 놀이공원 다니던 그때가 그립다.

나도 웃고 싶어서 아이들 뒤에 섰다. 아이들은 서로 내기라도 하듯 어디서 구했는지 작은 돌멩이로 비단 잉어를 맞추고 있었다. 평화롭던 연못은 졸지에 폭동이 일어나고 비단잉어들은 이리저리 숨기에 바빴다. 그 작은 돌멩이에 맞는다고 비단잉어가 죽지는 않겠지만 제대로 맞는다면 적어도 비늘 한두 개쯤은 벗겨지고 죽은 때까지 지워지지 않는 상처가 생길 텐데 아이들은 즐겁단다.

말리고 싶었지만 가까이에서 아이 엄마들이 그 모습을 보고 귀엽다는 듯 웃는 모습이 싫어서 돌아섰다. 갈대 사이로 맑은 하늘을 날아다니는 잠자리들이 평화롭고 반가웠지만 눈이 부시다. 오랜만에 마주보는 햇살이 낯설어선지 따갑고 눈물이 난다.

눈만큼은 동년배들에 비해 좋다고 자부했는데 노안이 비웃듯 찾아온 모양이다.

연못 위로 잠자리 몇 마리가 날아다니는 장면은 그림 같은 아름다운 풍경이었다. 그런데 그 많던 잠자리들은 모두 어디로 갔는지 요즈음은 보기가 어렵다.

서너 명의 아이들이 서로 이마를 맞대고 오글오글 모여 앉아 심각한 듯 조용히 속닥거렸다. 궁금증에 다가가 들여다보았다.

한 아이가 앙증맞은 작은 손으로 잠자리 한 마리를 쥐고 있고 다른 아이는 갈대 대궁을 쥐고 서로 토론 중이다.

한 아이가 잠자리 꼬리에 갈대 대궁을 끼우고 모두 심각하게 속삭인다. 순간 그 아이들에게서 어린 시절 동네 오빠들하고 강가에서 하던 오랜만에 보는 나의 모습이 보여서 놀라웠다. 그 오래 전 우리들이 하던 짓을 이 아이들은 어디서 배웠을까?

졸지에 잠자리는 포로가 되어 날개를 편 채 죽은 것처럼 앉아 있지만 가끔씩 큰 눈을 불안하게 휘두른다. 곧 내려질 아이들의 재판에 망사 같은 날개를 털고 파득거렸다.

잘린 꼬리에 갈대 대궁을 달고 풀려난 잠자리는 사력을 다해 흔들리며 날아가고. 아이들은 좋아서 손뼉을 치고 깔깔거리며 제 엄마들을 따라 찻집으로 들어갔다.

나는 얼마 가지 못하고 주저앉은 잠자리 꼬리에서 갈대를 뽑고 오래전의 미안한 마음을 보태어 사과하는 마음으로 잠자리를 맑은 가을 하늘로 날려 보았다. 하지만 기우뚱거리고 흔들리는 비행이 불안했다.

나는 씁쓸한 마음으로 돌아서서 떨어져 버둥거리는 잠자리의 마지막 모습을 보았다.

생각 없이 던지는 작은 돌멩이쯤에 맞아서 비단잉어가 죽지는 않겠지만 등에 난 작은 상처와 그 돌멩이를 피해 살아남기 위한 공포의 기억은 죽을 때까지 지워지지 않을 것이다.

잠자리 꼬리의 갈대는 뽑아주었지만 다시 원래의 꼬리는 달아줄 수 없으니 운명을 다할 때까지 상처 난 꼬리로 살아야 할 잠자리가 가엾다.

누구의 생각 없는 행동과 말은 바람처럼 흘려버리듯 본인들은 잊어버리겠지만 누구에게는 지울 수 없는 상처가 되어 벗어날 수 없으며 끝까지 그 상처를 가슴에 안고 살아간다.

작은 행동이나 말도 마찬가지다. 외국 속담에 지붕 꼭대기의 사람을 무기로는 죽일 수 없지만 말 한 마디로는 그를 죽일 수도 살릴 수도 있다고 했듯이 우리는 늘 입을 열어 많은 말들을 쏟아낸다. 작은 입 속에는 수많은 무기도 희망도 기쁨도 들어 있다. 그 중에 힘이 되고 희망이 되는 고운 말만 밖으로 내보낼 수 있다면 얼마나 좋을까? 말을 조리 있고 예쁘게 잘하는 사람들이 부럽다.

모처럼의 산책이 우울을 더한 듯 마음이 허전하여 곱게 물든 단풍나무 옆 벤치에 앉아 먼 하늘을 보았다.

늦가을의 맑은 하늘은 푸른 물감을 들인 듯 푸르고 연못은 다시 평화스러웠다.

우울증

달아난 잠을 끌어안고 뒤척이는데 고향 친구한테서 전화가 왔다.

친구 전화는 아무 때라도 반갑다. 이런저런 이야기 끝에 친구가 H엄마 죽은 거 아느냐고 했다. 나는 깜짝 놀라 이불을 걷어차고 벌떡 일어났다.

며칠 전 H엄마가 자기 아파트에서 뛰어내렸다는 것이다.

그렇게 밝고 교양 있는 사람이 아파트에서 투신자살을 하다니 사람들은 모두 우울증이라고 한다지만 그건 살아 있는 사람들이 자기들 마음 편하기 위해서 만든 말인 것 같다. 그가 아파트에서 투신하기까지 혼자서 얼마나 많은 외로움에 슬픔과 고독과 분노를 견뎠을지는 아무도 모른다. 우울증이 괜히 생기는 것이 아니다. 원인이 있고 제공자가 있을 것이다.

정신과 의사들은 그 원인을 찾아서 치료를 시작한다. 그 중엔 예민한 사람은 작은 일에도 크게 상처를 받을 수도 있고 자존심 강한 사람일수록 별일 아닌 일에도 헤어날 수 없는 상처를 받을 수도 있다.

H엄마는 내가 수예점할 때 우리 집 뒤에서 시어머니 모시고 ○○공무원으로 정년퇴임까지 근무했으며 남편은 큰 키에 인상 좋은 사람으로 우리 남편의 몇 년 선배며 같은 직장 상사이기도 했다. H엄마는 미인이라기보다 하얀 피부에 짙은 눈썹이 복스럽고 교양 있는 모습으로 공직

생활 하는 사람답게 인격을 갖춰진 사람이었다. 다소 외모에서 풍기는 멋스러움은 자존심이 강해 보이기도 하지만 남에게 배려 깊은 사람이기도 했다.

뜨개질하기를 좋아하는 그는 퇴근 후 늘 우리 가게에 와서 남편 세타와 애들 조끼를 짜다 보니 당시에 많이 친하게 지냈었다. 아들만 둘인 그들은 자기네 막내아들과 동갑인 유치원에 다녔던 우리 막내딸을 많이 예뻐하고 자주 데려가서 아들과 같이 사진도 찍어주고 간식도 먹이며 백화점에 가면 예쁜 옷도 사와서 우리 딸아이한테 입혀 보고 좋아하기도 했다

일요일에는 오전부터 뜨개질할 걸 가져와 둘이 앉아 뜨개질을 하는 동안 이런저런 얘기도 하며 세상 걱정 없는 사람처럼 긍정적인 사람이었다.

그의 남편 역시 세상의 여자는 아내뿐인 모습으로 동네의 부러움을 사기도 했다. 그를 마지막으로 만난 건 그들 내외가 모두 정년퇴직을 하고 자녀들을 데리고 서울로 이사를 해서 오랫동안 살다가 다시 고향으로 왔을 때 나는 대학교 앞에서 레스토랑을 했는데 어느 날 두 아들을 데리고 우리 레스토랑으로 왔었다. 너무 반가웠고 차를 마시며 오랫동안 못 만났던 정담을 나누었다.

장성한 아들들은 부모를 닮아 큰 키에 모두 호남형인 데다가 서울 말씨까지 쓰는 아주 멋진 청년이 되었다. 큰아들은 결혼을 시켰고 막내아들이 남았다며 그동안 몰라보게 예쁘게 자라서 교편생활을 하는 우리 딸을 탐내는 말을 하기도 했다.

그날 저녁에 가게로 아들만 둘이 와서 우리 애들 삼남매와 차와 맥주도 한잔 하는데 나는 가게일로 바쁘게 왔다 갔다 하며 들리는 그의 큰아들이 어머니가 며느리를 못마땅해 하는 것 같다고 걱정하던 말이 생

각난다.

그 후론 한 번도 만난 적이 없다.

그런데 왜 그녀는 그 어렵고 무서운 길을 선택했을까? 그토록 죽을 만큼 외롭고 가슴 아픈 일은 무엇이었을까?

나 역시 우울증을 앓았던 경험도 있고 오랫동안 치료도 받았다.

어느 날 갑자기 휘몰아치는 운명은 나에게서 모든 걸 빼앗아 가고 끝 없는 바닥으로 내몰았다. 모두를 잃고 낯선 타향에서의 생활은 참으로 춥고 서러웠으며 캄캄한 동굴 속에 혼자 갇혀 있는 하나의 쓸모없는 생 명체일 뿐인 것 같았다.

좋을 땐 그렇게 많았던 인맥들도 어려울 땐 아무도 없었다. 그건 스 스로가 견디기 어려운 상황을 누구에게도 말 못하고 모든 마음을 접어 달팽이처럼 껍질 속으로 깊숙이 숨어버리기 때문이기도 하다. 햇볕 없 는 캄캄한 동굴 같은 껍질 속에서 혼자 외로워하고 원망도 하며 병들고 썩어가며 죽어갈 것이다.

갑자기 말이 없어진 엄마를 불안하게 생각한 아이들 삼남매의 헌신적 인 노력과 날마다 받지 않는 휴대폰에 음성 메시지와 문자를 보내주던 고향 친구들 덕분에 나의 오늘이 있는 것 같다.

누군가 아무도 없는 감옥 같은 아파트에서 그녀를 불러냈더라면 그렇 게 허무하게 죽지는 않았을지 모른다.

통계적으로 우리나라의 노인 자살률이 많은 것은 남다른 자식 사랑이 깊은 부모들이 누구에게도 말 못하는 자식들의 배신으로 오는 외로움에 서 온다고 한다.

중국속담에 '어머니의 눈물을 닦게 할 사람은 어머니를 울게 한 아들 뿐이다'라고 했듯이 어떤 어려움도 자식 때문에 참고 살아갈 수 있지만 그 자식이 주는 실망과 외로움은 희망과 삶을 포기할 수도 있다고 한다.

　하지만 그녀의 착하고 심성 고운 두 아들은 멀리 떨어져 있어도 오로지 부모에게 효도를 다하며 다 커서도 귀엽기만 한 아들들이라고 자랑하더라는 말을 듣기도 했는데 무엇이 그녀를 그토록 외롭게 했을지 환하게 웃으며 우리 가게로 뜨개질하러 오던 그녀의 모습이 오랫동안 눈앞에서 지워지질 않았다.

　그녀의 죽음에 어쩌면 나에게도 간접적인 책임을 느껴지기도 했다.

　내 삶에 빠져서 바쁘다는 핑계로 그녀를 한 번도 생각 못했으니 그녀가 죽을 만큼 외로울 때 전화라도 해서 그의 속마음을 들어주기라도 했었더라면 얼마나 좋았을까 나는 또 때늦은 후회를 해 본다.

*

미운 우리 새끼(미우새)

어느 날부터 명절날이 되면 마음이 더 우울해진다.

양손에 선물을 가득 쥐고 어디론가 가야 할 것 같고 가고 싶어진다.

하지만 부모님 안 계시는 텅 빈 고향이 쓸쓸하게 마음속으로 들어와 더욱 서러움을 느끼게 된다.

추석날 아침 아들집에서 차례를 지내고 애들 기다릴 사돈 생각에 일찌감치 일어나 집으로 오는데 집 근처 복지관에서 스피치를 같이 배우던 형님을 오랜만에 만났다.

그는 나보다 두 살 손위지만 친구같이 편하게 형님이라고 부른다.

말은 습관인 것 같다. 늘 조심해서 하려고 하지만 자신도 모르게 생각 없이 하는 말들이 남에게 상처 주는 일이 있을까 봐 예쁘게 말하는 법을 배우고 싶어서 스피치를 배운 적이 있는데 첫 시간에 선생님이 "한 분씩 나와서 자기소개와 살아오면서 실수했던 작은 에피소드 같은 얘기를 편하게 해보라"고 하시며 칠판에 법정스님의 잠언집의 글을 쓰셨다.

"말은 생각을 담는 그릇이다
 생각이 맑고 고요하면
 말도 맑고 고요하게 나온다.

생각이 야비하거나 거칠면
말도 또한 야비하고
거칠게 마련이다
그러므로 그가 하는 말로서
그의 인격과 인물을 엿볼 수 있다
그래서 말을 존재의 집이라고 한다."
〈법정스님 잠언집중에서〉

　나는 남에게 상처 주지 않고 희망과 즐거움을 주는 고운 말을 배우고 싶어 신청했다고 했고 몇 차례 수강생들이 나와서 실수했던 경험과 거의 비슷한 말들을 했는데 이 형님은 아직 누구에게도 말 못하고 가슴속에 묻어두었던 말을 하겠다며 아픈 과거를 털어놓았다. 강의실은 찬물을 끼얹진 듯 조용해졌고 웃고 떠들던 분위기는 슬픈 영화를 감상하는 분위기로 변했다. 여기저기서 훌쩍거리는 소리까지 들렸다.

　31살에 3살 된 아들을 두고 남편이 갑작스런 사고로 돌아가시고 혼자서 아들 키우느라고 안 해본 장사가 없었다고 했다. 눈보라치는 한겨울에 시장 바닥에 좌판을 펴놓고 생선을 팔면서도 늘 1등을 놓치지 않는 똑똑한 아들 생각에 고생이라는 생각은 한 번도 없이 행복했으며 내 몸 삭는 줄 모르고 밤을 새워가며 삯바느질을 해서 중 고등학교와 대학 등록금을 마련하며 아들을 의사로 키웠다고 했다.

　어느 날 의사 아들이 약사 며느리를 데려왔을 땐 천하를 얻은 것 같았고 그동안의 고생이 한꺼번에 사라졌었다고 했다.

　아들이 처갓집 도움으로 병원을 개업하고 '같이 살 건데 집이 따로 필요하겠냐.'는 아들 말에 기분 좋게 마지막 남은 아파트까지 처분해서 며느리 손에 쥐어주고 눈에 넣어도 아프지 않을 손자들 키우며 앉을 사이

없이 살림살이까지 하며 날마다 아들며느리 입맛에 맞는 밥상을 준비해 주며 살면서 행복했는데 두 손자가 어린이집에 들어가면서 며느리가 이유 없이 불평이 잦더니 아들마저 이런저런 불평이 늘면서 임대 아파트를 얻어서 혼자 살게 되었고 얼마 후 사돈 내외가 아들 집으로 들어갔다고 했다.

임대료도 몇 달 동안은 주더니 이런저런 이유를 대면서 안 줘서 요양복지사 자격증을 취득해서 생활을 한다고 할 때 누군가 "그 병원이 어디냐"고 말하자 미처 말도 끝나기 전에 감정에 북받쳐 울면서 강의실 밖으로 나가고 그 후로 스피치 강의실에서 형님의 모습을 한 번도 볼 수가 없었다.

그 형님뿐만 아니라 어느 부모라도 자식 자랑거리는 꾸며서라도 하지만 부모를 휴게소에 갖다 버려도 그 부모는 자식 전화번호를 절대로 안 가르쳐 주는 게 부모 마음이다.

자식들 남다르게 키워 짝지어 주었지만 시댁 가족은 무조건 싫어하는 며느리를 내 자식으로 만들기는 쉬운 일이 아니다. 요즘 세대 며느리들은 자신도 며느리를 보게 될 미래는 생각지 않는 것 같다.

말 안 듣는 딸에게 "시집가서 꼭 너 같은 딸 낳아 키워 보라"고 하듯이 며느리가 시부모한데 서운하게 할 땐 "네가 한 만큼 받을 것이다"라고 한단다.

서로 환경이 다른 집에 살다가 온 며느리에게 내 자식 만들고 싶어 하나라도 더 가르쳐 주려고 하다 보면 잔소리꾼이 되니 아예 입을 닫고 남 보듯이 해야 하는 건지.

오로지 자식 사랑하는 마음뿐인 늙어 가는 부모한테 못 마땅한 이유를 대며 외롭게 만드는 자식들, 철철 흐르는 눈물을 닦지도 못하면서 말하는 형님의 긴 이야기를 모두 지루한 표정 없이 눈가를 훔치며 들었다. 그 말을 하기까지 얼마나 억울하고 외로웠을지.

형님이 나가신 뒤에도 강의실엔 슬픈 여운으로 채워져 한참 동안 침울한 분위기였다.

자식으로서 키워준 부모에 대한 기본만 해도 좋을 텐데, 반듯하게 키운 자식 성공한다 해도 배우자에 따라 변할 테고 손자들 보살피며 오순도순 살고 싶은 부모의 희망을 욕심이라고 뭉개버리는 자식들,

형님을 나의 썰렁한 빈집으로 데려와 같이 차를 마셨다.

아들집에 안 가고 싶었지만 일 년에 한두 번 보는 아들 체면 생각해서 안 갈 수도 없더라며 살아 있는 어미를 이토록 외롭게 하면서 죽은 제 아버지 차례 상은 사돈이 몇 가지 차렸고 차례가 끝나고 예약해 놓은 여행지로 갈 거라고 손자가 할머니도 같이 가자는 말에 설거지만 해주고 해마다 겪는 어색하기 짝이 없는 이방인 같은 분위기가 싫어 도망 나오듯 아들집을 나왔다고 했다.

형님이 보살피는 독거노인 집으로 간다며 찻잔을 놓자마자 일어났다.

며느리가 싸준 차례 지내고 남은 음식이 든 종이가방을 들고 돌아서 가는 형님의 쓸쓸한 뒷모습에 가슴이 아려왔다.

"형님 언제인가 철들어 형님 앞에 무릎 꿇고 용서를 구할 때 웃으며 안아 주실 날이 있을 겁니다."

텔레파시의 진실

　요즘도 TV에서 가끔 연예인들이나 뉴스에서 계를 하다 계주가 도망을 갔다는 얘기가 나오지만 옛날에는 목돈을 만들기 위해 은행보다 계를 많이 했다.

　나도 젊었을 때 계를 한번 조직했던 적이 있다.

　안채를 예쁘게 잘 지어서 팔고 도로변에 세 주었던 가게를 비워 수예점을 몇 년 했다. 그 건물은 시어머니가 오래 전에 시멘트 벽돌로 지은 집인데 너무 허술해서 새로 삼층 건물을 세울 계획을 세웠다. 반대하는 남편에게 내 계획을 설명하고 겨우 설득을 해서 남편 직장 대출 조금내고 애들 고모와 시동생과 여러 사람들의 도움으로 도로변에 삼층 건물을 지었다. 나름대로 계획을 짜서 했지만 집이 마무리가 되면서 어려움을 겪게 되어 고만 끝에 계를 조직했다. 형님들과 동서 친정어머니까지 모두가 한 동네 살고 있어서 쉽게 인원을 맞출 수가 있었다.

　수예점에서 나오는 수입도 있으니 나도 한 구좌를 넣었다. 이것만 잘 끌고 나가면 별 어려움은 없을 것 같았다. 좀 어렵더라도 그 정도는 할 수 있을 것 같았다. 계원들은 모두 친척들과 성실한 공무원들이었다.

　그리고 우리 아이들이 다니는 초등학교 앞에서 조금 크게 가게를 하는 부부였는데 찾아와서 앞 번호 한 구좌와 뒷 번호 한 구좌를 들었다. 지금은 마트지만 그때는 ○○상회였는데 그 집 큰아들과 우리 큰아들하고 같은 초등학교부터 같이 입학했으며 나와 같은 또래의 부지런한 부부였다. 그들은 착한 사람들이었고 가게는 날로 번창해 갔다.

그런데 두 번째 번호를 태워주고 세 번째 곗돈을 받으려고 갔는데 집 앞에 많은 사람들이 모여 있었다.

나는 무슨 일인가 하고 가까이 가 보니 방에도 사람들이 몰려 두 내외를 둘러싸고 방바닥을 두드리며 호통을 치고 있었다. 그제야 감을 잡은 나는 그 자리에 주저앉고 말았다.

이 일을, 이 일을 어쩌누……. 한참 맥을 놓고 앉았다가 방을 들여다보았다. 부부를 둘러싸고 있는 사람들은 좁은 동네다 보니 모두가 한두 번쯤은 본 얼굴들이었는데 부부는 죄인이 되어 고개를 숙인 체 눈물만 흘리고 있었다.

잠시 후 그들은 밥솥이며 재봉틀이며 전축 할 것 없이 먼저 챙기는 게 임자라는 듯 모두 하나라도 더 챙기기에 바빴다. 손에 붕대를 감은 덩치 큰 아들을 앞세운 아줌마가 자기는 오토바이를 가져가겠다는 것이다. 그리고 우리 아들 친구와 어린 삼남매는 구석에서 겁에 질린 채 울상을 하고 이리 저리 눈을 돌리며 사람들의 눈치만 보고 있었다.

순간 나도 모르게 나서고 말았다.

"오토바이까지 가져가시면 우리는 돈을 영원히 못 받습니다. 이 집이 살아야 우리 돈을 갚지 않겠어요! 그리고 이 집 큰아이와 우리 큰아이가 동갑내기고 같은 중학교에 다니는데 공부를 월등히 잘하고 1등을 놓치지 않습니다. 빠른 세월에 이 아이가 커서 무엇이 될 줄 어떻게 압니까. 국회의원이 될 수도 있고 장관이 될 수 있습니다. 아이들을 보아서라도 모두가 조금씩 참으셨으면 좋겠습니다."

사람들 가운데 한 사람이 나섰다.

"나는 사만 원이나 떼었다. 당신은 몇 푼이나 떼어서 그런 여유 있는 소리를 하시오?"

그러면서 나한테 모자가 눈을 부릅뜨고 삿대질을 하며 소리를 질렀다. 당시에 웬만한 집은 5~6백만 원이면 샀으니 4만 원도 적은 돈은 아니었다. 웬만한 공무원 두 달 치 월급은 되었다.

"나는 55만 원입니다."

이렇게 말하고 밖으로 나와 집으로 오는데 기막힌 이 일을 어떡해야 할지 눈물이 쏟아졌다.

'어쩌지……. 정말 어떡해야 할지…….'

남편이나 계원들한테는 말 한 마디 못한 채 며칠을 두고 혼자 가슴앓이를 했다. 다음날 그들은 어디로 갔는지 그 가게는 굳게 닫혀 있었다.

나로 인해서 남편이나 아이들까지 욕 먹일 수는 없었다. 열심히 일하며 생활비를 절약해서 사는 방법밖에 없었다. 떼인 돈까지 두 개를 끌고 나가기 위해 수예점의 일을 더욱 열심히 하고 맞춤옷도 밤을 세워가며 뜨개질도 했다.

그리고 쌀은 나라에서 방출한 오래된 정부미(쌀값의 조절 및 군수용 軍需用 등으로 충당하기 위하여 정부가 사들여 보유하고 있는 쌀)를 섞어서 밥을 해서 생활비도 아꼈다.

남편과 아이들의 불평을 달래가며 집에서 먹는 밥은 찰기라고는 없는 푸석한 정부미로만 먹고, 물건 하러 남대문 시장 갔을 때 가끔 사 입은 내 옷을 손님이 마음에 들어 하면 얼마쯤 남기고 사다 주기도 하면서 옷도 몇 가지씩 가져와 팔기도 했다.

하루는 남대문 시장에서 큰아들 청바지를 사면서 한 벌을 더 사서 한 반인 그 친구를 주라고 했다. 그리고 엄마의 입장이 왜 이렇게 되었는지 조금은 아는 아들에게 "너 친구하고는 아무 상관없는 일이니 더 친하게 지내라"고 말해 두었다. 아들도 엄마의 마음을 아는지 자존심 상하지 않게 주고 왔다.

어느 날 저녁 무렵 그녀가 손수레에 야채를 싣고 우리 가게 앞에 왔다. 야채를 팔아서 생계를 하는 것 같았다. 그리고 하루 한번 우리 집에 들려 하루에 몇 천 원씩이라도 꼭 갚겠다는 것이다. 곗돈 타서 급한 불을 꺼보려다 준호 엄마만 속인 셈이 되었다고 묻지도 않는 고백을 했다.

자기네들이 빚잔치를 할 때 무엇이라도 가져간 사람들은 모두 빚 갚음이 된 것이고 빚잔치에 참가하지 않은 사람은 갚아야 한다고 했다. 다음날은 계 통장 같은 걸주면서 자기가 매일 조금씩이라도 갚겠다고 했다.

말 한 마디에 천 냥 빚을 갚는다고 했듯이 그로 인해 우리 생활 전체가 힘들어졌고 나는 큰 곤경에 빠졌지만 그에게 화를 낼 수가 없었다.

오히려 우리 막내딸보다 어린 막내아들을 데리고 온종일 채소를 팔고 저녁에 집으로 가는 길에 삼천 원씩 주는 것이 내가 죄받을 것 같은 생각이 들어 필요 이상의 야채로 받기도 하고 팔다 남은 제일 시든 채소를 골라 사기도 했다

그런데 6살배기 그녀의 막내아들 머리는 늘 반창고가 크게 붙어 있고 진물이 흘러내렸다. 태어나고 백일 전부터 생긴 태독이라는 종기인데 별 약을 다 써도 낫지 않는다는 것이다. 몇 번 그녀가 우리 집에 들를 때마다 그 막내아들이 계속 마음에서 떠나지 않았다. 저러다 애 머릿속까지 탈나는 건 아닐지 하는 생각이 들기도 했다.

하루는 잠시 가게 문을 닫고 보험증을 챙기고 (그때는 공무원만 보험증이 있었다) 오토바이에 우리가 먹는 정부미 두 포대와 라면 1박스, 밀가루 1포대를 싣고 그가 말해 주던 광시동네 그 집을 찾아갔다. 대문도 없는 그 집은 떠나간 집 같다는 말을 방불케 하는 모습이었다. 여기저기 흩어진 낡은 운동화와 슬리퍼들, 걸레조각처럼 마루에 쌓인 옷가

지. 그렇게 착하고 부지런해서 잘되던 가게가 어떻게 하루아침에 이렇게 되었을까 싶었다. 아이는 엄마를 따라 가고 집엔 아무도 없었다. 가져간 물건들을 조그마한 툇마루에 두고 돌아왔다.

늦은 오후가 되자 그녀가 손수레를 끌고 가게 앞에 왔다. 막내아들은 여전히 머리에 큰 반창고를 붙이고 손에 든 과자를 먹으며 쳐다보고 있었다. 내가 말했다.

"애를 이산 마을에 있는 다미안이라는 외국인이 하는 피부과 병원에 데리고 가보려고 낮에 잠시 집에 갔었어요. 머리에 종기가 6년이나 나아지지 않으면 머리 겉보다 속이 더 안 좋아질까 봐서요."

그랬더니 거기는 하루 치료받는데 칠천 원이라는 것이다. 그리고 의료보험도 안 된다고 했다. 7천 원은 상당한 금액이었지만 아이 머리가 잘못 될까 봐 이틀에 한 번씩 오랫동안 다녔는데도 낫지 않더라고 했다. 그들에게 미숫가루를 한 잔씩 타주고 옆에 있는 약국에 가서 마이신과 됴고약(조고약) 소독 약솜을 사서 주면서 말했다.

"깨끗하게 소독하고 고약을 바르고 마이신 가루를 상처에 조금 뿌려서 발라 봐요. 종기는 조고약이 잘 듣더라고요."

나는 약을 그녀 손에 쥐어 줬다. 그런 약은 집에 다 있다며 약봉투를 받는 그녀의 눈에 눈물이 홍건히 고이며 미안해했다. 6년 동안이라면 무슨 약인들 안 썼을까 싶었다. 내가 사준 약은 모두 오천 원 정도밖에 안 되었지만 그는 진심으로 고마워하는 것 같았다.

"집에 있는 약은 아무것도 바르지 말고 다시 처음부터 치료한다 생각하고 이 약으로만 치료해 봐요. 어서 집에 거봐요. 더 어둡기 전에요."

"정말 고마워요. 준호 엄마 마음 평생 잊지 않을게요."

수레를 밀고 어두운 길을 가는 그들의 뒷모습을 한참 서서 보았다. 그 뒤 한동안 안 오더니 며칠 후 해질녘에 손수레를 밀고 아들과 함께 가게 앞에서 나를 불렀다. 그녀는 얼굴이 한결 밝았고 아기의 머리에 있던 붕대가 보이지 않았다.

바르던 똑같은 약이 있는데 다 두고 준호 엄마가 시킨 대도 사준 약만 발랐는데 깨끗하게 치료되었다는 것이다. 그 순간 원인 모르게 내 몸에서 전류가 흐르는 듯했고 이번엔 내 눈에 눈물이 핑 돌았다.

어떻게 이런 일이 있을 수 있을까. 나는 그 아이의 빨갛게 남아 있는 종기 자리를 만져보았다. 그 자리만 머리카락이 없었고 고운 새 피부가 붉고 말갛게 부드러웠다. 참으로 신기하고 이상한 일이었지만 그건 두 사람 마음이 일치해서 오는 텔레파시였을 것이다. 그녀는 돈 받을 사람이 도리어 약을 사준 것에 대해 별 거는 아니지만 그 약으로 치료할 때마다 진심으로 고맙게 생각했을 것이다.

나 역시 아이의 머리가 낫기를 진심으로 바랐기 때문에 텔레파시가 통했을까 아무리 생각해도 너무 신기해서 나는 지금도 내 아이들에게 무슨 일이든 정성과 진심을 다하면 통한다는 말을 자주 한다.

어느 날부터 그녀와 아이는 보이지 않았고 30년이 흘렀다. 나 역시 천사표도 아니고, 따지기 좋아하고 속는 것도 싫어했지만 그들에게 그렇게 관대할 수 있었던 것은 물론 남편과 내 아이들을 생각했겠지만 오래도록 겪어 왔던 그들의 마음을 알고 있었고 갚겠다는 최선의 노력하는 모습을 보여 줬기 때문이었다.

그의 말대로 빚잔치를 생각하고 계획적으로 나에게 접근했는지는 모르지만 아직까지도 그들에 대한 신뢰와 착하던 그들이 나를 계획적으로 속이지는 않았을 거라고 생각하며 아직까지 그들을 원망하거나 미운생각을 한 적이 없다. 착하고 부지런한 그들은 어디로 가서든 잘 살 거라는 생각을 하며 가끔 신기했던 그 일이 가끔 떠오르고. 지금도 아들은 동창회 때마다 그 친구를 반갑게 만나고 있다.

이별 공포증

모든 만남이 시작될 때 헤어짐도 함께 약속되지만 우리는 만남에서 영원할 줄로만 알고 곧 헤어짐이 따라올 것을 잊고 사는 건 아닌지. 가까운 사람이 떠날 때 가슴에 멍울지듯이 아끼던 식물이나 동물들도 떠날 때는 첫 만남의 기쁨만큼 아프게 하고 떠난다.

나이가 들면서 헤어짐도 많아지고 아픔도 외로움도 커지고 모든 만남은 헤어질 때의 아픔을 준다.

가까운 지인이 반려 견을 한 마리 키워 보라고 한다.

가끔 빈집에 살아서 움직이는 무언가 있으면 좋을 것 같다는 생각도 하지만 오래 전에 잊어지지 않은 일 때문에 한 번도 반려 견을 키워 보겠다는 생각을 못했다.

아이들 어릴 때 남편이 태어난 지 얼마 되지 않는 하얀 강아지를 한 마리 안고 와서 누가 키워 보라며 주더라고 했다. 아이들은 너무 좋아했고 아이들과 의논해서 강아지 이름을 곰순이라고 지었다. 예쁘고 귀여운 곰순이는 아이들과 온 식구들의 사랑을 독차지하며 일 년이 넘도록 잘 자랐는데 어느 날부터 곰순이가 아무것도 먹지 않고 부엌 구석에만 누워 있었다. 그리고 곰순이가 앉은 자리에 피가 묻어 있는 걸 보고 깜짝 놀랐다. 무슨 큰 병이 생긴 건 아닌지 걱정을 했지만 당시 40여 년 전 우리가 살고 있는 작은 소도시에는 동물병원도 없었다.

나는 아무것도 먹지 않는 곰순이를 안고 입을 벌리고 어묵하고 계란 반숙한 걸 먹이려고 애를 썼지만 곰순이는 입을 꽉 다물고 고개만 돌렸다. 그렇게 예쁘던 곰순이는 며칠 사이에 너무 야위어서 갈비뼈가 앙상해진 모습으로 꼬리를 질질 끌며 마당 구석으로 기어 다니며 토하기만 했다.

아이들과 남편은 집에 오면 곰순이한테 먼저 와서 안타까워했으며 집안 분위기조차 가라앉아 버렸다.

"엄마! 이러다가 곰순이 죽으면 어떡하지?"

아이들은 울먹이며 곰순이 등을 쓸어내리고 온 식구들이 안타까워했다.

지금 생각해 보면 동물을 한 번도 키워 보지 않아서 동물에 대한 지식이 전혀 없던 나는 짐승도 생리한다는 걸 몰랐던 것 같다. 저렇게 아무것도 안 먹고 토하기만 하다가 죽을 것만 같아 곰순이가 가엾기만 했다.

힘없이 나를 쳐다보는 곰순이가 너무 가엾어서 끌어안았는데 눈이 마주치자 곰순이가 울고 있는 것 같아 나도 눈물이 났다.

"곰순아, 무얼 먹어야 살지? 왜 그렇게 아무것도 안 먹어?"

다시 죽 끓인 걸. 숟가락으로 떠먹여 보았지만 여전히 입을 다물고 아무것도 받아먹지 않았다. 아무래도 곰순이가 이대로 죽을 것만 같았다.

그동안 우리 가족들에게 사랑과 즐거움을 주던 곰순이가 집에서 그대로 죽는 모습은 정말 못 볼 것 같아 어떻게 해야 할지 고민을 하다가 늘 개를 한두 마리씩 키우고 있는 친구에게 곰순이 이야기를 하고 친구 집에 데려다 주려는데 평소엔 내가 시장에라도 가려면 아무리 못 따라오게 해도 어느새 쫄랑거리며 따라 오더니 친구 집으로 데려가려는데 엉덩이를 뒤로 빼며 절대로 안 따르는 것이었다. 곰순이를 잘 키울 사람한테 줘야겠다는 말을 한 번도 입 밖에 낸 적이 없는데 어떻게 저를 다른 집으로 보내려는지 알고 목줄을 끌어도 꼼짝도 않아서 할 수 없이 친구를 우리 집으로 와서 데려가라고 했는데 친구에게 끌려가면서 돌아보고 또 돌아보던 곰순이의 애처로운 모습이 40년도 더 지난 지금까지 눈에 어려 그 후로 헤어질 때가 두려워 어떤 동물도 안 키웠다. 그런데 얼마 전에 어항과 물고기 몇 마리를 사다 길렀다.

허전한 빈집에 살아서 움직이는 것이 있다는 게 여간 즐겁지 않았고 생동감마저 들었다. 퇴근하고 현관문 열면서 바로 물고기 앞으로 가서 말을 붙여보았다.

"잘 놀고 있었어?"하면 물고기도 사람이 들어온 걸 아는지 꼬리를 살랑이며 바쁘게 왔다 갔다 하면서 입을 껌뻑거리며 내 쪽으로 오는 것 같았다.

반갑다는 인사인 것 같다는 생각에 여간 예쁘지 않았다. 한참 들여다보다가 씻고 옷 갈아입고 다시 들여다보고 먹이도 좀 주기도 하고 평소에 잠들기가 그토록 어려웠던 나는 입가에 미소를 물고 쉽게 잠들기도 했다.

가게에서도 가끔 꼬리를 살랑거리며 인기척이 나면 입을 껌뻑껌뻑하던 모습이 생각나면 혼자 웃기도 했다.

그런데 일 년쯤 지난 어느 날 아침 "잘 잤어?" 하고 들여다보는데 두 마리가 물 위에 둥둥 떠 있는 것이 아닌가. 그것들을 보는 순간 눈물이 핑 돌았다.

작은 물고기 때문에 내가 뭐하는 거지? 하면서도 그 작은 물고기가 나한테 다시 이별의 공포증을 주었다. 생명은 크고 작은 것이 없듯이 동물들을 그렇게 좋아하진 않지만 키워 보고 싶어도 언제인가는 헤어질 때가 두려웠다.

물고기 한 마리의 죽음에 이렇게 마음이 아픈지, 왜 죽었을까?

먹이를 너무 많이 주었나? 아니면 물을 너무 자주 갈아준 건 아닌가? 가슴 밑바닥에서부터 참담한 아픔과 함께 후회가 솟았다.

퇴근해서 문 여는 소리에 분주하게 왔다 갔다 하며 입을 껌뻑이던 모습이 자꾸 생각나면서 '내가 물고기는 왜 사와서 죽게 했는지.' 내가 밉고 원망스러웠다. 건져서 종이 위에 올려놓으니 또 마음이 시렸다.

시장에서 갈치나 고등어를 들고 이리 저리 살피며 싱싱한 것으로 고르던 내가 일 여년 눈 마주치며 즐거움을 주었던 작은 물고기의 죽음이 이렇게 마음 아플 수가 없으니……

이 세상에 영원한 건 없는 것, 만나면 헤어질 때가 있는 것이 인지상정人之常情이고 당연한 일인 것을, 나는 아직도 손안에 있는 모든 것에 대한 집착을 놓지 못하고 있는 건 아닌지, 모든 만남 뒤에는 헤어짐이 있다면 헤어짐 뒤에 오는 새로운 만남을 생각하며 이제부터라도 손안의 집착과 애착을 하나씩 놓아주는 연습을 해야겠다.

눈물 자국

아직은 옷깃을 여미게 하는 봄 햇살이 앞집 마당의 매화나무에 모여 꽃망울을 머금고 있다.

가끔씩 불어오는 찬바람이 달콤하게 느껴지는 듯 겨우내 덮던 이부자리도 정리하고 싶고 따뜻하게 입던 두툼한 겨울옷들을 정리하고 싶은 날이다.

이맘때면 늘 생각나는 음식이 있다. 어머니는 아직 찬바람이 가시지도 않았는데 양지쪽에 봄기운이 감돌면 제일 먼저 언 땅 밀어내고 파릇파릇 고개 내미는 어린 쑥으로 찹쌀가루 버무려 쪄 주시던 쑥 털털이가 초봄만 되면 어머니와 함께 그리움으로 찾아온다.

봄 햇살에 하루가 다르게 자라는 쑥 털털이는 시기를 놓치면 쑥이 억세어져서 쑥 털털이를 해먹을 수가 없다. 그때는 쑥떡이나 쑥물을 빼고 콩가루를 묻혀 쑥국을 끓여 먹어야 했다. 나는 쑥떡보다는 쑥 털털이를 더 좋아했기 때문에 어머니는 아직 먼 산에 눈도 녹지 않은 초봄부터 양지쪽 들판을 자주 살피시곤 하셨다.

돌아가시던 그 해 봄까지 딸이 좋아하는 쑥 털털이 만들어서 이웃으로 시집간 딸 동네 사람 눈치 봐가며 갖다 주시던 나의 엄마, 영원히 잊지 못할 그 모습 그 사랑 평생 가슴 아리도록 그리운 추억들, 바쁘게 사는 딸에게 큰 그늘로 언제나 몸과 마음과 인생을 다 주셨던 나의 울타

리고 버팀목이셨던 친정어머니,

어머니의 맏딸로 한 평생 곁에서 나를 지켜주며 내 아이들까지 책임져 주시던 어머니께 늘 받는 사랑에만 길들여진 철없던 행복하던 시절, 어느 날 갑자기 전주곡 없이 찾아온 불행으로 떠나가시고 늦은 나이에 어설프게 홀로 서기로 힘든 삶에 끌려 사느라고 시기를 놓치기도 하고 오랫동안 좋아하는 봄 향기 짙은 쑥 털털이를 아쉬움만 남긴 채 잊고 살았다.

오늘은 늦기 전에 기필코 쑥 털털이를 먹어보고 싶은 마음에 재래시장으로 갔다. 언제나 생동감 넘치고 북적거리는 사람들 사이로 큰 비닐자루에 쑥이 가득 담긴 것을 보고 반가워 마음까지 설레었다. 몇 번을 해먹을 만큼 많이 사야겠다고 생각하고 부드럽고 촉감 좋은 어린 쑥을 만지며 주인을 불렀다.

그런데, 주인인 듯한 할머니 한 분이 가까이 오시는 순간 다리에서 피가 빠져 내려가는 듯 가슴에서 전율이 일어났다.

할머니는 오래 전에 돌아가신 우리 친정어머니가 지어 보이시던 그 함박웃음을 지으며 나오셨다.

나는 쥐고 있던 쑥을 든 채 그대로 석고가 된 듯 서서 할머니를 바라보았다. 곱게 주름진 얼굴에 살짝 들어간 보조개에 웃음 지으시는 그 모습은 내 가슴 한구석에 그리움으로 남아 있는 내 엄마의 모습이었다.

이렇게도 우리 엄마를 닮은 사람도 있다니 넋 놓고 할머니만 바라보다가 주는 대로 받아들고 터덜터덜 집으로 와서 쑥을 손질하는 동안 떠나가신 지 이십 년도 넘은 어머니 생각에 가슴으로 뜨거운 눈물이 차오르는 것을 주체할 수 없었다.

수예점 할 때의 일이다. 물건을 구입하기 위해 늦은 밤기차로 서울을 가야 하는데 해질녘부터 도로 건너 마트 앞 공중전화 부스 안에 학생

같기도 한 두 청년이 서 있더니 밤 12시가 가깝도록 몇 시간째 앉았다
가 섰다가 하면서 그대로 있는 것이 불안했다. 남편은 출근을 했고 아
들 둘은 삼층에서 자고 어린 딸아이만 가게 방에 자는데 걱정이 되어서
이웃에 계시는 친정어머니를 오시라고 했다. 청년들 이야기를 하고 어
머니가 우리 집에서 주무시라고 했다.

　이웃에 계시는 어머니는 언제나 내가 필요할 때면 나타나는 나의 슈
퍼맨이었다. 친정집에는 아버지도 계시는데 나는 언제나 내 입장만 우
선인 줄만 알고 고맙다는 것보다 당연한 것으로만 생각했었다. 오랫동
안 하던 수예점을 그만 둘 때까지 그렇게 철없는 자식 된 유세로만 살
았다. 나는 이것저것 부탁만 하고는 택시를 타려고 나가는데 어머니는
계속 나를 따라 오셨다.

　나는 집에 혼자 자고 있을 딸아이가 걱정되어 어머니를 몇 번이고 집
으로 가시라고 해도 평소에는 세상에 다시없는 손녀딸이던 어머니가
"집에 있는 사람이 뭐가 걱정이냐"면서 한참을 따라 오셨다. 그날따라
빈 택시는 오지 않고 속으로는 딸아이 걱정에 계속 나를 따라오는 엄마
가 답답할 만큼 짜증까지 났지만 혼자서 늦은 밤길을 가는 당신 딸을
걱정하시는 어머니의 마음을 알기에 불안한 마음으로 계속 뒤만 돌아
봤다. 어머니는 한참을 더 오시다가 기어이 내가 택시를 타는 것을 보
고 택시 기사 얼굴까지 보고서야 돌아서 어두운 길을 가시던 내 엄마,
나는 내 어린 딸 걱정에 집으로 가시지 않고 나를 따라 오시던 어머니
가 못마땅했지만 나에게 내 딸이 소중한 만큼 어머니에게는 내가 당신
의 소중한 딸이었음을 어둠속에서도 느끼게 하셨던 엄마……,

　한평생 안전한 보호막이 되어 주시며 나를 위해 오만가지 애간장 녹
이던 내 어머니만큼 나를 소중하게 생각해 줄 그 사랑 이 세상 어디에
또 있을지 가슴에 눈물 자국 남겨두고 다시는 오지 않는 내 어머니.

포기가 아름다울 때

　며칠 전에 운전면허증을 갱신하라는 우편물을 받고 여러 가지 고민으로 며칠을 망설였다. 가게를 시작한 후 아들이 어머니 불편하시면 작은 차라도 한 대 사 준다고 했지만 차를 사지 않았다. 버스로 출퇴근을 하면서 가끔 쉬는 날에는 아쉬운 때도 있고 버스 노선을 잘 몰라서 불편하기도 했지만 버스길을 조금씩 알면서 불편함도 줄어지고 이제는 이렇게 교통이 복잡한 울산에서 운전을 할 자신도 없어졌다.

　그런데 오랫동안 꿈꿔 왔던 외각지에 노후에 휴식하면서 글도 쓸 수 있는 예쁜 집을 지으려고 양지바르고 강이 보이는 땅을 매입한 후부터 불현듯 운전을 하고 싶은 생각에 가슴이 부풀기도 했다.

　어느 날 내가 이 세상을 떠나게 될 때 아이들이 처리하기 곤란할지도 모를 귀한 책들과 액자들을 옮겨놓고 집 둘레엔 장미넝쿨을 심고 마당엔 그늘을 만들어줄 나무와 탁자를 놓아 내가 없어도 아이들이 가끔 쉬고 싶고 엄마가 보고 싶을 때 언제나 찾아올 수 있는 공간을 만들고 싶었다.

　처음 울산에 왔을 때만 해도 며느리 출근도 시켜주기도 했는데 10여 년 동안 운전대를 잡지 않은 탓에 운전석에 앉기가 두렵다. 아이들과 친구들은 오랫동안 운전하던 사람이니 연수 조금 받고 다시 해보라지만 자신이 없다.

내가 운전 면허증을 1980년 30대 초반에 수예점을 하면서 학교 납품 때문에 원동기 면허증 취득하고 몇 달 후에 운전면허 보통1종을 취득했다.

당시 영주에는 면허 시험장이 없어 원동기 면허증은 남편과 같이 영주경찰서 강당에서 필기시험을 봐서 취득을 했고 1종 보통면허증은 몇 달 후 새벽에 학원 차를 타고 대구 시험장까지 가서 다시 필기시험과 실기시험에 합격을 해 취득을 했었다.

가끔은 자유롭게 운전해서 바닷가에도 가보고 싶고 어디든 떠나고 싶을 때 맘대로 달려보고 싶을 때도 많았다.

오토바이와 승용차는 나에게 가장 멋스럽고 편한 좋은 친구였으며 아이들 삼남매 키우면서 멀리 있는 중 고등학교를 6년 동안 하루도 거르지 않고 등교시켜주었다.

승용차는 바쁜 나의 발이 되어 주기도 하고 울적한 기분이 들 땐 차창을 열고 노래를 들으며 아카시아 향기 싱그러운 길을 드라이브라도 하다 보면 상쾌한 기분을 만들어 주기도 했는데 나도 모르게 흐르는 세월은 하나씩 포기하라고 한다.

백세 시대라고는 하지만 내일이 칠순인데 날마다 잊어버리고 허둥대는 자신을 믿지 못하고 되풀이해서 확인해야 하는데 다시 옛날처럼 오토바이는 두고라도 승용차를 타고 다닐 수는 있을지.

일단은 보건소에 가서 신체검사를 받고 얼마 후 중부경찰서에서 면허증을 받아 나오면서 어쩌면 마지막 갱신일지도 모른다는 생각을 하니 면허증이 유난히 귀하고 사랑스럽기까지 하지만 차를 사도 될지 어리바리한 내가 다시 운전을 하게 되면 다른 운전자에게 민폐를 끼칠 것 같아 어떡해야 할지가 고민이다.

나는 절대로 아닌 것 같은데 하는 행동은 노인들의 행동을 그대로 하고 있으니.

육신은 자꾸 저물어 가는데 영혼은 거꾸로 가서 옛날을 불러와 그립게 한다.

조금만 연수를 받고 운전하면 될 거라던 아이들이 "어머니가 지금 다시 운전을 하시면 우리는 일을 제대로 못할 것 같아요." 조심스럽게 하는 말에 심중을 굳혔다

자식들 마음 편하게 해주고 어리바리한 내가 거리의 방랑자로 다른 운전자에게 폐를 끼치는 일을 하지 않기로 하고 갱신한 면허증은 지갑 깊숙이 넣었다. 손만 들면 모두가 내 자가용인데 이젠 뒷좌석에서 편하고 여유롭게 모든 걸 내려놓고 바깥세상도 살피며 살아야겠다.

굳이 불안하고 자신 없는 운전대는 안 잡기로 마음을 결정하니 그동안 고민도 허무함도 사라졌다. 이제 스스로 아름답게 하나씩 포기하는 것도 실천을 해야겠다.

탈색되기 전에 지는 꽃

만지기조차 아까운 저토록 여린 꽃잎들이
그 차디찬 엄동을 어이 견디고 저리 고운 꽃잎을 피웠을지
봄꽃들은 나뭇잎보다 강한 모성애를 보는 듯하다.
차디찬 꽃샘바람에는 나뭇잎을 숨기고 여린 꽃망울 먼저 피우고
따뜻해지면 꽃잎 시들기도 전에 잎새 자리 비워두고
아쉬움도 미련도 없이 바람 따라 꽃비 되어 날아간다.

봄이란 단어만 떠올려도 잎도 없이 피는 아름다운
꽃망울들이 가슴을 설레게 한다.
피었는가 싶으면 저버리는 너무도 짧은 사랑만 받고
아쉬움을 남기고 떠나버리는 봄꽃들,
꽃잎 진자리에 돋아난 잎사귀는 여름을 지나고 가을이 되고
탈색이 되도록 나무에 매달려 있다가 땅으로 떨어져버린다
하지만 긴 생을 푸르고 멋지게 살다가 결국 낙엽이 되어
떠나는 나뭇잎은 세월의 흐름을 아쉬워는 해도
여린 봄꽃들이 주는 아름답고 설레는 마음은
가슴에 남아 있지는 않는다.

어느 날 여배우 김자옥 씨가 이 세상을 떠났다는 뉴스가 나올 때
모두 믿을 수가 없었다. 금방이라도 어느 프로그램에
까르르 웃으며 나올 것만 같은데 그녀는 시들지 않은 꽃으로
국민들 가슴속에 남게 되었다.
건강만 한다면 오래 사는 것이 좋은 줄 알았다
하지만 탈색되지 않고 짧은 생에 많은 사랑을 받다가
아쉬움과 아름다운 모습으로 남은 사람들에게 기억될 때
떠나는 것도 아름다운 삶이 아니가 하는 의문이 생겼다.

과연 건강만하면 오래 사는 것이 행복할까
사랑하는 사람들 모두 떠나보내고 아름답던 모습은 탈색된
앙상한 마른 잎으로 누구 하나 아쉬워해 주는 이 없이
외롭고 쓸쓸하게라도 오래 살면 좋을까

좁아진 아버지의 뒷모습에서 늘 가슴이 시리고 눈시울이 적셔진다.
나에게는 아버지가 아직 건강하시게 계시니
그만한 자랑거리가 없겠지만
구십년 동안 아버지를 버텨주던 육체는 옛날 같지 않을 터인데
일일이 자식한테 다 말 못하고 어머니 안 계시는 집에
혼자서 거의 방안에만 계시는 외로우신 아버지께
나는 어떡해드려야 기뻐하시고 좋아하실지도 모르는
불효한 자식일 뿐이다.

모처럼 시간 내서 고향 가면 반가워하는 모습조차 볼 수가 없으니
생각만 해도 가슴이 미어지고 가엾다는 생각뿐

뾰족한 예안도 안 선다.

내가 딸 노릇을 제대로 못한 탓인지 어쩌다 봐도 웃지도 않으시고

말도 나 혼자 떠들다 돌아올 땐 마음이 무겁다.

큰소리로 야단치시던 옛날 젊은 시절의 아버지가 그립다

구순의 아버지 장녀인 나 또한 인생의 황혼에서

아버지의 외로운 모습에서 나를 발견한다.

지구상의 수억의 인간들이 태어나고 흙으로 돌아가지만

피붙이가 하나씩 떠날 때는 가슴이 저리다

공부를 많이 하신 스님들이나 도인들은 당신 떠날 때를 알고

미리 떠날 준비를 한다지만. 쌓아둔 거 없으니

준비도 없는 나의 마지막 모습은 낙엽 져서 초라하기보다는

고운 모습이 조금이라도 남았을 때 떠났으면 하는 생각도 든다.

멋스러운 귀둥이 아빠

멋이라는 건 화려한 옷과 맵시에서 풍기는 멋보다는 내면의 멋이 보일 때가 더 아름다운 것 같다. 그 사람의 행동과 마음 씀씀이에 따라서 진정한 멋도 느낄 수가 있었던 일이 생각난다.

늦은 밤 마지막 버스를 타고 퇴근하는 길인데 버스가 정거장도 아닌데 정차를 하더니 기사 아저씨는 버스에서 내리면서 많지 않은 승객들에게 "잠깐만요" 하며 빠르게 김밥 집으로 들어가더니 김밥을 사들고 돌아왔다.

"내일 애기가 소풍을 간다고 해서요" 하며 다시 운전석에 앉았다.

오래도록 같은 버스를 타고 종점까지 가다 보니 기사분하고 승객들이 서로 편하게 이야기를 주고받을 때도 있는데 나하고 같은 아파트에 살고 있는 아줌마가 "내일 애가 소풍 가는데 벌써 김밥을 사면 밤 사이에 쉬지 않겠느냐"고 했더니 냉장고에 넣어 두었다가 내일 아침에 프라이팬에 다시 데워서 싸 주려고 한다는 것이다.

나는 속으로 김밥은 즉석에서 말아 먹어야 제 맛인데 하룻밤을 재우면 다시 굽는다고 해도 맛도 없을 뿐만 아니라 위생적으로도 안 좋을 것 같은데 하필 아이 소풍날에 엄마가 어딜 갔는가 하는 생각을 했다.

다시 운전석에 앉은 기사는 팔과 손을 앞으로 뻗쳐서 좌우를 살피면서 무엇을 지적하는 듯하더니 출발했다.

기사 아저씨의 그런 이상한 몸짓은 오래 전부터 출근 때와 퇴근 때마다 몇 번씩 봐 오던 모습이다.

그 모습은 기차역에서 역무원이 기차가 떠난 뒤에 빨간 깃발과 초록 깃발을 들고 흔들던 모습과 같다는 생각을 하면서 좀 이상하기도 하고 혹시 아저씨가 멋 부리느라고 기차 역무원의 모습을 흉내 내는가 싶기도 하고 나 혼자 여러 궁금증이 많았지만 묻지는 못했다.

특히 늦은 밤 퇴근 버스를 타고 갈 땐 사거리나 건널목마다 더 자주 그런 행동을 했다.

그런 일이 있은 며칠 뒤부터 출퇴근 때마다 다른 기사분이 운전을 했다. 비번이거나 다른 회사로 가셨는가 보다 하고 생각했다.

며칠 지난 후 어느 날 퇴근 버스를 탔는데 그 날도 다른 분이 운전을 하셨고 한 아파트에 사는 그 아줌마를 만났는데 그 기사분의 사정 이야기를 했다.

아들이 4살 때에 부인이 유방암으로 수술을 했는데 3년 만에 재발되어 온몸으로 전이되어 이젠 수술도 못하고 방에 누워서 소대변을 보지만 누구 하나 도와줄 사람도 없이 한창 엄마 손이 필요할 7살짜리 아들이 엄마 옆에서 시중을 들고 아저씨가 점심시간이나 쉬는 시간마다 와서 돌봐준다는 것이다.

아직 젊은 나이에 어쩌다가 그런 몹쓸 병이 걸렸는지, 너무 가엾고 가슴이 먹먹했다. 체격 좋고 나이가 좀 들어 보이는 기사 아저씨는 늘 단정한 옷차림에 아무 근심걱정 없어 보이는 모습이었는데 그런 아픈 일을 겪고 있었다.

그리고 아픈 아내에게 미안하지만 지금처럼이라도 아들이 중학교 갈 때까지 만이라도 떠나지 않았으면 고마울 것 같다고 끝말을 흐리기도 했다.

아내가 처음 암수술을 받을 때 많은 빚을 져서 아직 그걸 갚고 있기 때문에 일을 안 할 수도 없고 온종일 혼자서 괴로워하는 아내를 두고 일하러 나와야 하는 그 마음이 오죽할까 싶었다.

그 후 며칠째 다른 기사분이 계속 운전을 하더니 어느 날 퇴근 버스에 올라타는데 오랜 만에 그 운전 기사였다. 그런데 운전석 바로 뒷좌석에 작은 사내아이가 차창에 기대어 목을 길게 늘어뜨리고 자고 있었다. 직감적으로 초등학교 1학년이라는 기사 아저씨의 아들임을 알았고 늦은 밤 버스 의자에 쓰러져 자는 아이의 모습에 그 아줌마의 이야기가 생각나서 나도 모르게 울컥하는 마음에 눈물이 났다.

나는 나직이 소리 없이 아들이냐고 물었더니 기사분도 고개를 끄덕이며 "예"라고 했다.

아내가 꼼짝도 못하고 방에만 누워 있어도 아들이 아픈 엄마 시중들며 말도 잘하더니 제 엄마 장례 치르고부터는 절대로 혼자 집에 있으려고 하지 않고 밤낮으로 운전석 뒷자리에서 아버지를 따라 다닌다고 했다.

혹시 아이에게 어떤 이상이 생기지는 않았나 싶어 정신과 병원에 가서 상담을 받았는데 다행히 다른 이상은 없고 아직 엄마의 죽음을 받아들이지 못하고 심적으로 많이 불안한 상태니 아이가 피곤하고 아빠가 불편하더라도 당분간 데리고 다니라고 하더란다.

사경을 헤매는 아내를 어린 아들한테 맡기고 세상의 모든 아픔을 가슴에 품고 운전대를 잡아야 하는 귀둥이 아버지, 승객을 안전하게 모시려고 모든 마음을 운전에만 집중하기 위해 팔을 직각으로 들어 좌우를 살피며 앞으로 힘 있게 지적하며 운전하려는 그 모습은 가슴 아프지만 책임감 있는 귀둥이 아버지의 참으로 멋지고 슬픈 모습은 오래도록 기억될 것 같다.

2부
눈꽃 위에 핀 카네이션

시계탑 사거리

　울산시 중구 성남동 사거리에 높이 달려 있는 시계탑은 우리 모든 사람들에게 시간의 소중함을 알려주기 위한 건축가의 지혜인 것 같다.

　시계탑 아래로 유유히 흐르는 시간은 내리막 굴러가는 눈덩이처럼 빠르게 쌓이고 바삐 오가는 사람들 머리 위엔 세월의 나이테가 내려앉는다.

　아침에 일어나면 누구나 제일 먼저 시계와 눈 맞추며 하루 일정을 타협한다. 온종일 인간들의 발목을 잡고 오늘을 지배支配하며 구속하고 주어진 틀 안에 가둬 버린다.

　아무리 시간에서 이탈하고 싶어도 우리는 어쩔 수 없이 시간에 순종하지 않으면 늘 큰 낭패를 보게 된다. 버스 떠난 뒤에서 발을 동동거리게 하고 앰뷸런스 안에서 헐떡거리는 가족들의 눈물도 보게 한다. 늘 촉각을 다투는 시간 속에서 역사가 이루어지고 새로운 오늘을 시작하게 된다.

　신은 모든 인간에게 시간을 공평하게 나누어 주었다고 했다.

　누군가 잠자는 시간에, 누구는 책을 보고, 누구는 일을 한다면 그는 그 시간만큼 더 오래 사는 것이 아닐지.

　나는 동갑들보다 평균수명을 20여 년 이상을 더 살았을 것 같다. 젊어서부터 일을 하다 보니 늘 시간에 매달려 바쁘게 살았기 때문이다.

지금의 생활 또한 시간은 나를 옭아매어 자유를 주지 않는다. 어쩌면 늘도 시간의 노예가 되어 시간이 정해준 대로 순종하고 있지 않은가 생각된다.

시간이란 지혜롭게 이용한다면 행복과 부(富)와 건강 이외에도 여러 가지 많은 것을 준다. 그러나 잘못 사용하면 지울 수 없는 상처와 낭패를 만들어 주기도 한다. 그 소중한 시간에 어떤 연예인은 잠시 쉬는 시간에 도박을 하다가 평생 씻을 수 없는 후회를 하고, 누구는 그 시간에 가족 여행을 떠난다.

내 자식들에게 제일 강조하는 말이 시간의 소중함이다. 옛말에 "한 우물을 파라"고 했지만 나는 한 번에 두 가지 일을 하도록 했다. 대학 다닐 땐 아르바이트를 해서 돈의 귀중함과 사회와 적응하는 법을 배우도록 했다. 그리고 최선을 다해서 자격증도 같이 취득라고 했다.

직장을 다니면서도 퇴근 후나 틈나는 대로 좋은 강의를 많이 듣고 취미에 맞는 공부를 해서 자격증도 취득하라고 했다. 딸아이는 지금 직장생활을 하면서 박사과정을 마치고 박사논문 준비를 하고 있지만 자격증은 14가지가 넘는 것은 순전히 틈새 시간을 아끼며 소중하게 이용한 결과라고 생각한다.

공직생활 하는 며느리 역시 아이들 키워 가며 겨우 만들었을 틈새시간을 이용해 자격증을 취득하기 위한 공부를 하고 있다.

모두 몇 개의 자격증과 두 가지 이상의 일을 충실히 하기 위해 늘 바쁘게 사느라 얼굴 보기 힘든 아쉬움도 있지만 매달 마지막 일요일에는 모두 함께 저녁 먹자는 며느리 덕분에 한 달에 한 번이라도 만나니 다행이다.

소중한 시간을 헛되이 보내지 않고 알차게 이용한다면 인생을 보람 있고 멋지게 아낀 시간만큼 더 오래 사는 결과도 될 것이라고 생각한다.

　시간에 얽매인 포로가 되기보다는 내 시간의 주인이 되어 귀하고 알찬 하루를 만들기 위해 오늘도 사람들은 성남동 사거리 시계탑 밑으로 바쁘게 오고간다.

푸짐한 종갓집

아이들 따라 울산으로 온 지 16년쯤 되는 것 같다. 고향에서는 이사를 거의 안 하고 살다가 가게를 하다 보니 본의 아니게 몇 번 이사를 하면서 편리상 가게 가까운 곳에 살려고 중구로 이사 온 지도 7년쯤 되었다. 그런데도 아직 중구에 대해서 많이 알지 못한다.

며칠 전부터 내리던 봄비가 꽁꽁 얼었던 지난겨울을 말끔히 해동시키듯 온종일 내리던 날 아침에 택배를 보내려고 가까이 있는 우체국에 가려고 병영 사거리를 지나는데 젊고 카랑카랑한 목소리가 스피커로 울려 퍼지기에 돌아봤더니 젊은 학생들이 3일절의 재연 가설무대에서 일본 강점기 시절 부르짖던 만세운동을 재연하고 있었다.

"대한독립 만세! 대한독립 만세!"

비가 와서 관객도 별로 없는 무대에서 총을 찬 일본 순사들 앞에서 맨손으로 내 나라를 찾겠다고 대한독립 만세를 부르며 목청을 높여 항의하는 모습을 보는 순간 나도 모르는 감정이 북받쳐 눈물이 왈칵 쏟아졌다.

내가 무슨 대단한 애국자라도 되는 듯이 쏟아지는 눈물을 걷잡을 수가 없이 가슴까지 벅차올랐다

우산으로 얼굴을 가리면서 빠른 걸음으로 도로 옆 지인이 운영하는 의료기점으로 들어갔다

무슨 일이냐며 깜짝 놀라는 그에게 잠시 전에 보고 느낀 것을 눈물을 닦으며 이야기하며 차를 마시고 돌아온 적이 있다.

십여 년 동안 가게를 운영하면서 이맘때쯤이면 늘 봐오던 모습이지만 볼 때마다 광복을 위해 목숨을 아끼지 않았던 조상들에게 저절로 고개가 숙여지며 감사한 마음이 가슴으로 스며든다. 그건 오래 전 조정래 선생님의 12권 장편소설을 읽은 후부터 더 깊은 감정에 빠지곤 했다. 그리고 깊은 생각 없이 보던 TV에 중계되는 현충일 기념식에 눈물을 흘린 적도 있고 목숨 바쳐 잃어버린 나라를 찾으려던 조상님들께 감사한 마음이 가슴에 넘치기도 했다. 그분들이 아니었다면 우리는 어쩌면 아직 일본말을 하고 있을지도 모른다는 생각하면 아찔하기도 하다.

특히 내가 살고 있는 울산 중구 우리 동네는 옛날 학교 때 배웠던 말본 교과서를 집필하시고 우리 한글에 크게 이바지하고 연구하셨던 최현배 선생님의 없어졌던 생가 터에 2008년에 복원한 가옥이 있다

일본 강점기 시절에 우리말과 우리글을 지키고 가르치는 일이 나라를 지킨다는 일념으로 당시 어려운 환경에서도 평생을 한글을 위해 사셨다고 한다.

그리고 중구에는 구석구석 성현들의 낭만과 추억이 깃들어 있는 것도 반갑다. 친정아버지가 자주 부르시던 가요 '타향살이'를 불렀던 가수 고복수가 태어난 곳도 울산 중구라는 것도 신비롭게 다가왔다

가끔 TV에서 고복수가 불렀던 가요 타향살이를 후배 가수들이 부를 때면 돌아가신 아버지가 자주 부르시던 모습도 그립고 타향에서 아이들과 뿌리를 내리고 살면서 고향을 그리워하는 자신도 생각나 가슴이 촉촉이 젖어들기도 한다.

옛날 성현들이 젊은 시절 즐겨 찾으며 곳곳에 추억과 낭만을 엮으며 꿈을 키웠을 그 거리를 지금도 '젊음의 거리'라고 부른다.

　어쩌다 아이들 따라 성남동 젊음의 거리를 걷다 보면 거리마다 온통 볼거리와 먹을거리가 넘쳐나고 싱그러움과 에너지 넘치는 젊은이들로 가득하다.

　울산의 중심 도시로 문학과 예술이 피어나고 키우는 푸짐한 종갓집의 풍요로움이 있다. 더욱이 울산문인협회 사무실이 중구 성남동에 개소식을 했으니 앞으로 더 자주 가게 될 것 같다.

　중고등학교에 다니는 우리 손자 손녀들도 성남동 가기를 좋아한다.

　문화와 문학의 꽃이 되고 지금 젊은이들의 꿈과 이야기들 역시 면 훗날의 추억과 낭만이 되어 그 옛날 성인들처럼 하고 많은 추억을 엮어가기 충분하다.

　알면 알수록 놀랍고 새로운 문화와 예술이 푸짐한 우리 동네 중구를 아직은 내가 감히 안다고 할 수 있는 것은 아주 작은 숫자에 불과하다. 울산의 중심지가 되고 나아가서는 공업도시로 세계가 바라보는 울산 속에서 우리나라 문화의 고장 역할을 하고 있는 중구를 젊은이들은 옛 성현들이 뿌리고 심어놓은 소중하고 아름다운 추억과 발자취를 갈고 닦아 새로운 중구 역사가 이루어질 것을 믿어 본다.

주는 사랑

어느 날 아들이 "어머니는 늘 걱정을 만들어 하시는 것 같아요" 했을 때 그 말이 왜 그렇게 정답처럼 들렸는지!

자식을 낳아본 부모라면 자식들이 모두 사회의 일원으로 존경받으며 일하는 성인들일지라도 부모의 눈에는 늘 부족하고 애잟아 보이는 건 어쩔 수 없는 부모들의 영원한 짝사랑일 것이다.

고 김영삼 대통령 부모님께서는 자식이 최고의 권위와 위치에 오르면서 즐거움보다 근심이 커졌다고 했다. 늘 걱정하시는 부모님께 아침마다 문안전화를 드리며 부모님의 지혜를 얻기도 하고 안심을 시켜드렸지만 부모님은 노심초사 걱정과 겸손을 강조하며 어린 아들 타이르듯 하셨다니 이것이 가슴에 새겨진 부모 마음이다.

일국의 대통령이지만 부모에게는 언제나 부족하고 여린 자식일 뿐이기 때문이다.

80노인이 60먹은 아들에게 "나뭇짐 좀 줄이고 쉬어가며 해라," 하고 걱정을 하듯이 자식 앞에서 먹히지도 않는 근심 걱정을 늘어놓다가 자식들에게 수다스럽다는 말도 듣게 되지만 다음에 만나면 또 하게 되는 게 오랜 세월 주는 사랑에 길들여진 부모 맘이다.

모두가 알고 있는 우산 장수 아들과 나막신 장수 아들을 둔 어머니 마음이 이와 같을 것 같다.

요즘 믿을 수 없는 뉴스에 경악을 금할 수 없다. 계모의 만행에 이어 친부모의 만행을 어떻게 이해를 해야 할지.

부모로서 갖춰야 할 정신적인 아무런 준비도 없이 받는 사랑에만 길들여진 요즘 젊은이들이 어쩌다 아이는 낳고 감당 못해서 철없는 행동으로 빚어진 불행이라고 보기엔 너무도 큰 만행인 것 같다.

짐승이나 미물 곤충까지도 제 새끼는 알아보고 목숨 바쳐 희생적으로 지키고 키우는데…….

거미는 새끼를 밖으로 배출하지 않고 그 새끼들이 성장할 때까지 자신의 몸을 파먹고 살도록 하다가 어미가 죽고 껍질만 남으면 그때 모두 밖으로 나온다고 한다.

아무리 나이를 먹어도 결혼을 해야 어른이고 결혼을 해도 자식을 낳아 봐야 겸손과 인생을 안다고 했듯이 자식 키우는 일만큼 어려운 일도 없겠지만 그 자식들이 주는 환희와 가슴 짜릿한 기쁨도 어디에 비할 바가 못 된다. 예쁜 내 자식을 키울 때 세상에 나가서 행복하게 살도록 하기 위해 받는 사랑도 중하지만 주는 사랑과 인내의 법을 가르쳐야 하는 것도 부모의 몫이다.

고부관계도 마찬가지다. 먼저 주는 사랑부터 시작해야 할 것이다. 내 아들이 사랑하고, 내 아들을 사랑해 주는 사람이니 가슴으로 안아주고 좋은 점만 보도록 노력해야 한다. 가정을 화목하게 하고 남편과 아이들 건사해 가며 공직 생활하는 며느리도 안쓰럽기는 마찬가지다. 늘 바쁜 가운데 가정의 주춧돌이 되어 알뜰하게 가정을 다독이며, 손자와 아들의 모습이 밝고 편안해 보일 때마다 고맙고 덩치 큰 아들보다 때로는 더 든든하게 느껴질 때도 많고 며느리의 아낌없이 주는 사랑이 기특하고 사랑스럽기도 하다.

법으로 만나 부부가 되고 자식 낳고 살면서 서로가 배려와 인내와 희생 없이는 아름다운 가정을 지킨다는 건 불가능한 일이다.

아들은 나의 시詩 중에 '고슴도치 사랑'을 좋아한다.

지나친 집착보다는 조금은 떨어져서 서로를 바라보며 울타리가 되어 주면서 참된 사랑을 이루는 것이 좋아서란다.

사회생활에서도 마찬가지다. 누구에게나 찾아보면 별 어려움 없이 상대방의 좋은 점을 볼 수 있다. 그럴 때 그냥 그 좋은 점만 보면서 칭찬해주고 대화를 하다 보면 편한 인간관계가 이루어진다.

작은 것부터 주는 사랑을 실천하면서 아이들에게도 작은 배려와 인내부터 가르쳐야 한다.

우리는 아이들에게 "세상에는 오로지 너희들만 위해 주는 엄마 아빠 같은 사람도 있지만 너희들이 엄마 아빠처럼 위해 줘야 할 사람도 많다."고 주는 사랑법과 사랑하는 사람들을 위해 참고 이해해 주는 법도 가르치며, 사회에 나가면 "네가 준만큼 사랑받는다."는 것도 가르쳐야 할 것이다.

나를 위한 선물

남의 일에 별로 부러움을 느끼지 못했던 내가 몇 며칠 전 멋진 그 선생님의 모습이 얼마나 부러웠던지 머리에서 떠나지를 않는다.

오래 전 같이 시를 배우고, 비슷한 시기에 등단을 했던 가까운 지인이 TV '사람과 사람들'이란 프로에서 '내 인생의 두 가지 선물'이란 제목으로 나오셨는데 그렇게 부러울 수가 없었다.

정년퇴직을 하면서 '열심히 살아온 나를 위한 선물'이라는 그 주제부터 전율을 느낄 만큼 가슴으로 와 닿았다. 가족을 위하여 열심히 살아온 후 퇴직을 앞둔 자신을 위한 선물로 요트를 마련하셨다는 지인의 모습은 희망찬 소년의 모습처럼 행복해 보였다. 푸른 바다를 가르며 달리는 요트 안에서 아내와 같이 낚시를 해서 잡은 고기로 찌개를 끓여먹는 모습은 시청자들도 모두 부러워했을 것 같다.

그의 아내 역시 퇴직 후의 설계를 위해 요트를 준비하는 남편에게 아무 이유도 달지 않고 남편의 뜻에 따라 행복하게 받아들였던 것은 오로지 아내의 깊은 사랑일 것이다.

며칠 후 같이 공부하던 동기들과 교수님을 모시고 저녁 모임을 가졌을 때 그 선생님의 모습은 곧 퇴직을 앞둔 불안하고 어두운 모습이 아닌 보람찬 내일을 기다리는 활기찬 모습이었다. 그 선생님의 모습에서 행복한 에너지를 받고 돌아오면서 나를 돌아봤다.

나 역시 이제는 모든 걸 놓아야 하는 시간이 가까이 온 것 같다.

젊은 날의 허망한 집착들이 새벽안개처럼 흐려지고 삐거덕거리는 육신의 안식처가 올 때까지의 작은 여유가 있다면 나는 어떻게 보내야 할지를 생각해 본다.

긴 세월 동안 열심히 살아온 고마운 나에게는 어떤 선물이 필요할지? 지금까지 한 번도 생각해 보지 않은 탓에 아무 생각도 나지 않는다.

시를 쓰는 즐거움이 내 영혼의 선물이라면 한평생 수고했던 내 육신을 위한 선물은 무엇인가? 나를 위한 희망이나 내 자신만을 위해 원하고 바라는 것은 무엇이었던지 도대체 생각이 나지 않는다.

오로지 남편과 자식들에게만 희망을 걸고 잘되기를 기도하며 살아왔기에 자신의 존재를 잊어버리고 살아온 것뿐이니 내가 원하고 나를 위한 세상은 어떤 것인지 알 수가 없다.

황혼에 앉아 있는 내가 가장 원하고 필요한 게 무언지, 어느 절대자의 신이 나를 위해 한 가지 선물을 주겠다고 한다면 나는 무엇을 말할 수 있을지? 내 인생에 나는 없었으니 그때도 나는 자식들 건강하고 하는 일 잘되게 해 달라고 할 것 같다.

어느 때쯤에서 가끔 생각나던 그림이 있다.

시끄럽고 복잡한 도시를 떠나 공기 좋고 조용한 외각지에서 작은 집을 지어 넓지는 않아도 탁자와 의자 두 개를 놓을 수 있는 마당이 있고 넉넉한 서재가 있고 작은 침실이 있는 집에서 햇살 좋은 날 탁자에 원고지를 펴놓고 글을 쓰면서 때로는 맑고 높은 허공을 자유자재로 비행하는 이름 모를 새가 되는 모습이 그려지기도 했는데, 어쩌면 그것이 나를 위한 선물인가 하는 생각을 해본 것이 과욕일까?

그래, 지금 부터라도 나를 위한 선물이 무엇인지 찾아보고 나를 위하는 일이 무엇인지를 알아보자. 오늘밤은 일단 편히 잠드는 것이 나를 위하는 일이니 깊은 잠을 청해본다.

흐려지는 종갓집

어느 가문이라도 대대손손 내려오는 종가집이 있을 텐데 내가 태어나 첫돌 지나고 부모님께서 고향을 떠나셨으니 가끔 스쳐 듣기만 한 것으로 더 이상 기억나는 것이 없다.

다만 아버지가 가끔 일 년에 한 번씩 경주 최씨 종친 시제를 지내신다며 한복에 검정색 모직 두루마기를 입고 경주를 다녀오시면서 한지에 떡과 과일 고기들을 싸가지고 오셔서 행사에 있었던 이야기를 하시기도 했다. 갓과 두루마기를 갖춰 입으신 최씨 종친 제관들이 수백 명이 모여 엄중한 절차를 거쳐 제를 올리는 모습은 그야말로 장관이었을 것이다

제사가 끝나면 그 동안의 안부를 물으며 그 수백 명이 넘는 제관들에게 봉송을 다 싸주었다니 그 행사를 계획하시는 종가집의 밭 종부들의 수고와 덕은 참으로 우리나라만 있는 아름다운 풍습은 아닌가 생각한다.

그때 한번쯤 따라가 봤더라면 좋은 기억으로 새겨졌을 텐데 하는 생각도 든다.

사실 지금까지도 그런 시제를 올리는지도 모르고 살고 있으니…….

고향 친구 중에 종갓집 맏며느리인 친구는 사업을 하면서도 일 년에 열 번도 넘는 제사 때면 떡과 과일을 박스로 들여오고 해물이며 건어물

까지 박스째 사다 나르면서 제사를 치르는 걸 자주 봤다. 하지만 며느리 손자를 본 이번 설부터는 자녀들이 모두 서울에 살고 있기에 편리상 명절 차례제사는 맏아들 집에서 지내기로 해서 서울서 약국을 하는 큰아들 집으로 갔었단다.

며느리가 치과의사다 보니 며느리가 친정어머니까지 동원을 해서 음식을 정성껏 만들었지만 친구의 마음은 흡족하지 못했던 것 같았다.

요즈음은 거의 외동아들인 데다가 공부한다고 외국으로 가는 일도 있고 그러다 보면 아예 타국에서 눌러 살 수도 있으니 모두가 한 동네 같은 지구촌 역사가 시작된 지금 종가집이니 맏아들이니 하는 단어조차 사라져가는 것 같다.

어릴 때 설 명절날 큰집에 가면 맛난 음식도 많이 있고 많은 사람들이 모여서 재미난 얘기도 하고 윷놀이도 하고 너무 좋았던 기억들 때문에 나는 나중에 꼭 맏이한테 시집가서 살겠다는 생각도 했었다. 하지만 맏이는 하늘이 점지해 준다는 말이 있듯이 나는 맏이로 부족함이 많아서인지 맏며느리가 못 되었다. 친정에서 자랄 때는 오남매의 맏이로 동생들에게 대장 노릇하며 살았지만 지금 생각해 보면 친정살이는 아무것도 아닌 오직 사랑놀이였던 것 같다.

하지만 친정에서 아들로 맏이인 나의 큰 남동생 댁 올케를 보면 늘 다르게 느껴졌다. 내가 장녀고 내 밑으로 여동생이고 그 밑의 남동생이, 맏아들과 맏며느리로 속 깊은 올케가 늘 고맙고 착한 심성이 진심으로 느껴질 때가 많다.

친정어머니 돌아가시고 자칫하면 멀어질 수도 있는 친정을 올케는 늘 동서들과 시동생들을 다독이는 것을 볼 때 손위로서 가슴 뭉클할 때가 많았다. 오남매가 모두 서울, 안산, 울산 여기저기 멀리 떨어져 살다 보니 평일인 기제사에는 모두 참석하기가 쉬운 일이 아니다. 서울 사는 막내 남동생만 퇴근하고 바로 고향까지 와서 어머니의 기제사에 꼭 참석을 하고 다음날 새벽에 서울로 출근하는 정성을 보였다.

추석이나 휴일이 많을 때도 아이들 입시 공부 때문에 동서들이 못 오는 경우엔 내가 미안해서 그 올케를 나무라는 말을 하면 "형님, 못 오는 동서 마음이 더 불편할 거예요." 하면서 혼자서 모든 일을 감당하는 큰올케의 마음 씀씀이가 고맙고 든든했다.

큰올케는 명절만 되면 미리 시동생들과 동기간들이 오든 안 오든 들기름이라든가 참께, 옥수수, 호박할 것 없이 싸주려고 봉투마다 준비를 해 두었다가 시동생들이나 조카들이 떠나는 차에 바리바리 실어 보내고 사양하는 조카들에게도 기어이 차창 문으로라도 용돈을 밀어 넣는다.

지금도 구순이 넘은 시아버지에게 식사 양을 조절해드리며 모든 생활을 시아버지에 맞춰서 살고 있다. 많이 배우시지 못한 당신의 한을 풀어준 손자 소녀가 다니는 서울대학교를 가보고 싶어 하시는 구순의 시아버지께 정성들여 손질한 모시옷을 입혀서 모시고 서울로 나들이 가는 올케에게 말로도 다 못할 고마움을 느끼면서 이리저리 내 사정으로 핑계만 대며 살고 있어 미안하다.

참으로 놀라운 건 살다 보면 이런저런 불평도 있을 법한데 지금까지 한 번도 불평하는 소리를 못 들어 봤다. 늘 긍정적로 웃음으로 답하는 올케가 우리 집 당대의 맏 종부(?)가 아닐지, 이제 올케도 사위 며느리를 다 보았으니 시부모한테 했던 모든 정성을 자식들에게서 효도를 다 받으며 행복하게 사는 것이 나를 기쁘게 한다.

네가 스승이다

1.

살다 보면 작은 오해로 소중한 사람들과 신뢰를 잃고 큰 상처와 좋았던 관계마저 잃을 수가 있다. 성경말씀에도 "하나님께 번제를 올리다가 오해받을 일이 생각나면 번제를 중단하고 즉시 오해를 푼 다음 다시 와서 번제를 올려라"고 했듯이 친하고 가까운 사이일수록 오해도 깊어질 수 있기에 오해의 요지는 바로 풀어야 할 것 같다.

어느 스님의 자서전을 읽은 적이 있는데 오해가 얼마나 무섭고 어처구니없는 결과를 만든다는 걸 새삼 느낀 적이 있다.

오래 전 깊은 산속 스님들이 탁발을 해서 생활을 했을 때 절 아랫동네 아주 착한 청년이 노모를 모시고 살면서 아침마다 넓은 절 마당을 쓸기도 하고 가을이며 매일 쌓이는 낙엽을 깨끗이 쓸면서 겨울에 쓸 땔감도 마련해 주며 모든 굳은 일을 도맡아 해주는 부지런하고 착한 청년을 스님과 동네 사람들 모두 칭찬하며 많이 좋아했다.

그런데 어느 날 스님이 탁발수행하려고 산을 내려가는데 어디선가 이상한 소리가 나서 이리저리 살피는데 조금 떨어진 큰 나무 뒤에서 남녀가 부둥켜안고 식식거리며 애정 행각을 하더라고 했다.

스님은 그 길을 비켜 지나려는데 여자를 올라타고 식식거리던 남자는 다름 아닌 스님이 아끼는 아랫마을 청년이라 크게 놀라면서,

"에이 고얀 놈 같으니, 내가 저를 그리 아끼고 예뻐하거늘……!"

스님은 휙 돌아서서 다시 산을 내려가는데 뒤에서 스님! 스님하고 그 청년이 부르는 소리가 들렸지만,

"저놈이 또 무슨 변명을 하려고 나를 부르기까지 하나, 으흠!"

못들은 척하고 가던 길을 재촉했는데 어느새 청년은 스님의 옷자락을 붙잡고,

"그렇게 불러도 못 듣고 그냥 가시면 어떡합니까?"

숨이 턱까지 차오른 청년은 원망하듯이 스님을 쳐다보며 다급한 목소리로 설명을 했다. 산에 나무를 하러 가는데 아랫마을 처녀가 나무에 목을 매어 늘어져 있는 것을 낫으로 줄을 자르고 급해서 할 줄 모르는 인공호흡을 하는데 잘못 해서인지 깨어나지를 않으니 스님이 얼른 도와 달라는 것이었다.

스님은 바로 그 자리에서 네가 스승이구나 하시며 바로 뛰어가 그 처녀를 구했다고 했다.

2.

TV에서 법정 토론을 하고 있었다.

오랜만에 외출한 아내가 남편과 같이 식사를 하고 싶어서 전화를 했는데 마침 점심시간이라며 기다리라고 하더니 같은 직장 여직원과 같이 나왔다.

여직원은 식사 도중에도 아내가 불편할 만큼 남편에게 지나친 친절과 배려를 아끼지 않았다. 남편과 오붓한 식사를 하고 싶었던 아내는 그녀에게 기분이 상해서 퇴근한 남편에게 따졌지만 남편은 오히려 큰소리로 아내를 나무랐다. 아내는 다음날 딱 잡아떼는 남편의 뒤를 미행하기 시작했다. 그 날도 남편은 점심시간에 어제 그 여직원과 식사와 차를 같이

하더니 퇴근시간에 남편이 먼저 나와 차에서 기다리고 잠시 후에 여직원이 와서 같이 가는 것이었다.

화가 머리끝까지 오른 아내는 기어이 현장을 잡으리라고 흥분된 마음을 가라앉히고 택시를 타고 끝까지 미행을 하는데 남편의 차는 낯선 오피스텔 건물로 들어가는 것이었다.

기가 찬 아내는 잠시 망설이다가 오피스텔 건물 안으로 들어가서 숨을 한번 크게 쉬고는 문을 요란하게 두드리다가 벨을 조급하게 눌렀다. 잠시 후 문이 열리더니 그 여직원이 나오고 뒤이어 남편 회사 사장님이 놀란 모습으로 나왔다.

오피스텔 안에는 남편 직장 상사들과 동료들 여러 명이 책상에 둘러앉아 한창 회의를 하다가 놀란 눈으로 모두 아내를 보고 있었다.

회사의 중요한 기밀 회의가 있을 때 모이는 회사 전용 오피스텔이었다.

토론 결과는 확실한 근거 없이 남편을 못 믿고 실수한 아내의 잘못도 있지만 아무리 직장 동료라고 해도 약간의 거리를 두지 않고 오해받도록 행동한 남편과 여직원에게도 잘못이 크다는 결론이 나왔다.

3.

아이들 어릴 때 남편의 후배가 닭튀김 가게를 차렸는데 우리 집과 거리가 제법 멀었지만 좀 멀더라도 빠른 걸음으로 뛰다시피 해서 그 후배 가게까지 가서 사오곤 했다.

하루는 남편이 "병구네 가게 갈 때 골목으로 가지 말고 큰 도로로 돌아서 가라"고 했다.

나는 "돌아서 가면 얼마나 더 먼데 뭐 하러 돌아서 가느냐"고 대꾸를 했더니 남편이 이유를 말했다.

그 골목 안엔 사교춤 추는 콜라텍이라는 곳이 있는데 어느 후배가 "형수님이 자주 그 골목으로 들어가는 걸 봤다"고 말해서 남편이 "그 골목 끝에 병구네 닭튀김 가게가 있는지 모르느냐"고 말하며 근거 없는 말 함부로 만들지 말라며 따끔하게 혼내 줬다고 했다.

지금은 사교춤을 건강 스포츠 운동으로 노인들과 모든 복지관에서 권장하고 가르쳐주는 운동이지만 옛날엔 가정 파탄의 주범으로 오해받을 때인데 나는 그 골목에 그런 곳이 있는지도 모르고 그 골목을 씩씩하게 다녔으니 오해한 사람만 탓할 수도 없는 일이 아니었던가.

나만 안 그러면 되지 않느냐고 말했지만 남편은 '참외밭에서 신발 고쳐 신지 말라'는 말이 있듯이 굳이 오해받을 행동을 하지 말라고 했다.

그 후로 닭튀김 사러 갈 때마다 급하게 가느라 남편 말은 잊고 그 골목으로 뛰어가다가 다시 나와서 돌아가길 여러 번 했다.

아무리 현장을 봤어도 본인 이야기를 듣기 전에 오해의 말을 함부로 해서는 안 될 것이다. 똑같이 생긴 맑은 병 두 개에 수돗물과 소주를 각각 넣고 뚜껑을 열고 맛보기 전에 소주다 물이다 함부로 판단하는 건 교만이고 위험한 일이다.

어쩌다 어처구니없는 오해가 생겼을 때의 난감함은 좋았던 관계가 신의와 신뢰가 무너지고 분노하는 사이가 될 수도 있다.

오해를 푸는 일은 시간을 두지 말고 즉시 대화로 풀어야 한다. 시간이 갈수록 오해는 깊어지고 서로에게 상처만 커지기 때문이다.

무엇보다 오해의 소지를 만들지 않는 것이 상책이다.

왕과 친구

어느 날 갑자기 생각지도 못했던 어려움 속에서 떠밀려 아이들 따라 울산으로 왔을 때 아는 사람 하나 없는 외로움과 잃어버린 지난날들의 그리움으로 우울증과 공황 장애까지 앓고 있을 때였다. 아들이 고심 끝에 나에게 마련해준 마트 안의 아이스크림 가게가 지금은 나의 유일한 행복의 터전이 되었다.

웬만한 고민은 가게에서 어린 고객들과 소통하는 동안 즐거움으로 바뀐다. 나이 들어서 일이 있다는 것은 살아 있음의 원동력이 되기도 했다. 고객이 냉동고 위에 두고 간 지갑을 고객 센터에 갖다 주고 돌아서는데 어떤 남자가 소리를 지르며 센터로 오고 있었다.

그리고 손에 쥐었던 운동화를 바닥에 팽개치며 여직원한테 삿대질을 해가며 "책임자 나오라고 해!" 하며 소리를 지른다. 여직원이 영문도 모르고 머리를 조아리며 이유를 물어도 막무가내로 책임자 나오라고 소리만 질러댔다.

곧 매니저와 담당이 달려와서 허리를 굽히고 사과를 하면서 이유를 물으니 "제대로 된 물건을 갖다 놓고 팔라"며 이번엔 매니저에게 삿대질과 소리를 질렀다.

이유인즉 며칠 전에 새 운동화를 사서 어제 신고 계곡에를 갔는데 물이 들어오더라는 것이다. 담당은 빠르게 똑같은 새 운동화를 갖다 주었지만 막무가내로 소리 지르며 환불을 요구하고 돈을 받아 쥔 그 남자는 나가면서 돌아서서 자동문을 다시 한 번 발로 차면서 못다 푼 분풀이를 했다.

빨개진 얼굴에 눈물까지 맺힌 여직원은 다시 아무 일 없었던 듯 다른 고객에게 친절히 상담하고 나는 내 자리로 돌아오면서 그 고객의 행동에 다시 한 번 눈살이 찌푸려졌다.

어디에서도 대접받을 수 없는 사람들이 마트에 와서 왕 대접을 받고 싶었던 모양이다. 오히려 터무니없이 황당한 행동을 하며 나가는 그 고객의 인격이 초라해 보일 뿐이다.

운동화가 마트까지 입고하는 동안 얼마나 많은 심사와 검열을 받고 들어오는데 그 고객은 새로 산 운동화에 물이 들어왔다고 그런 행동을 하는지, 설령 누구의 실수로라도 물이 들어왔다면 조용히 자초지종 얘기했더라면 모든 걸 고객의 입장에서 원하는 대로 해주는 게 요즈음 대형마트인데 그 매니저와 여직원이 운동화를 만든 것도 아니고 다만 고객들의 편리를 도와줄 뿐인데 직원들이 인격적으로 자기보다 부족한 하위사람이라고 생각해서 그렇게 함부로 하는 것인지 그들도 가정으로 돌아가면 한 가정의 가장이며 공직자의 아내이기도 하고 남편이 교직생활을 하는 사람들도 있으며 지금 나를 도와주는 직원 남편도 시청 요직 직원이다. 이렇게 모두가 귀한 아내이고 소중한 엄마인데 그렇게 함부로 하는지, 그 직원들이 마트에 입사하기까지는 많은 면접과 컴퓨터와 이론 시험에 합격해서 채용된 엘리트들이다.

대형마트 안에서 작은 구멍가게 같은 우리 가게에서도 마찬가지다.

구인광고를 보고 전화가 오면 거기서부터 1차적인 면접이 시작된다.

오랜 경험으로 "여보세요." 이 한 마디로 그 사람의 성격과 인격 그리고 나를 진심으로 도와줄 수 있는 사람인가를 거의 알 수가 있다.

한번은 급히 사람을 채용하느라 목소리가 약간 어둡다는 걸 느끼면서도 오라고 했는데 2차적인 면접으로 만났을 때 생각한 대로 얼굴에서 어둡고 내성적일 거라고 느꼈지만 급하다 보니 일단 담당에게 보내서 면접을 보였다.

담당 역시 나와 같은 생각으로 안 되겠다는 전화가 왔다. 내가 잘 가르쳐 보겠다고 하고는 교육장에 들여보냈다

오전 10시에서 오후 6시까지 8시간의 긴 교육을 받고 필기시험을 봤는데 최고의 점수를 받았다. 하지만 마지막으로 매니저의 면접에서 탈락되었다.

밖에서 보는 마트 직원들은 하릴없는 사람들이 누구나 가서 일하는 곳으로 생각하지만 4~5백 명이 넘는 그 직원들 한 사람 한 사람은 몇 번의 어려운 과정을 거쳐서 일하는 사람들이다. 고객들이 편하게 필요한 물건을 구입하도록 친절히 도와줄 뿐 인격적으로 무시를 당할 사람들은 아니다.

옛날과 달라서 지금은 남녀 구분 없이 능력이 있는 사람들은 돈이 필요해서보다도 자기의 일을 찾고 자기의 개성을 살리려고 노력한다.

가끔 휴게실에서 동료들과 속을 털어내며 이야기하는 직원들의 얘기를 듣다 보면 정말 어처구니없는 일도 있다.

젊은 아빠들이 카트기 바퀴에 올라서서 마트 내를 싱싱 달리다가 잘 진열해 놓은 물건에 부딪쳐 물건이 쏟아지고 부서져도 죄송하다고 사과는커녕 오히려 큰소리를 지르며 "물러주면 될 게 아니냐"며 난리를 피운다. 주위에 사람들이 모여들고 주임이나 매니저가 다녀가고 결국은 보상도 없이 도도히 큰소리를 치며 나가는 왕! 하지만 모였던 사람들은 그의 태도와 인격을 보고 대단한 왕이라고 생각할는지, 그런데 그 뒤의 얘기가 코믹했다.

다음날 아들이 학교에 잠바를 벗어두고 와서 가지러 갔더니 아이의 옷을 들고 나온 선생님은 바로 어제 마트에서 어이없는 행동을 하던 바로 그 사람이었다고 했다. 선생님도 아이 엄마 얼굴을 알아보고 민망했던지 어색하게 인사를 하더라고 했다.

두 사람은 서로 모르는 척하며 인사를 하고 돌아왔지만 그 선생님은 자신의 행동을 얼마나 후회했을까 하는 생각도 들었다.

요즘 사람들은 뒤를 생각 못하고 즉흥적인 행동을 하는 것 같다.

사람은 어떤 어려운 자리에서도 다시 만날 수 있기에 아무도 보지 않을 것 같은 장소에서도 자신의 인격을 소홀히 해서는 안 될 것이다.

마트 직원이라고 무조건 수하 사람 취급하듯 하기보다 내가 필요한 물건을 잘 진열해 놓고 편리하게 구입할 수 있도록 도와주는 직원들을 고마운 친구로 생각하면 어떨까?

그러면 직원들 역시 어렵고 높은 왕이기보다는 친구같이 더 친절하고 반갑게 모두를 고객의 입장에서 도와 줄 것이다.

반세기 속의 사람들

가로수 은행잎이 인도 위로 차곡차곡 쌓였다.

겹겹이 쌓인 은행잎 밟히는 느낌이 좋아 바쁘던 걸음이 점점 느려진다. 반짝이는 맑은 가을 햇살이 눈을 따갑게 비춘다.

순간 무슨 텔레파시인지 은행잎 하나가 살랑거리며 날아오더니 내 어깨 위로 살포시 내려앉았다

나는 가던 걸음을 멈추고 나뭇잎이 떨어질까 봐 눈을 감고 어깨에 손을 조심스럽게 얹었다. 이 편안한 정겨움은 무엇인가?

잠시 시계추가 멈춘 듯, 그 순간이 좋았다.

"안녕하세요?"

낯선 남자의 반가움에 찬 목소리에 고요한 나만의 사색은 순간적으로 날아가고 어디서 본 듯한 머리가 희끗한 중년 남자가 함박웃음을 짓고 서 있다. 하지만 좀처럼 기억이 나지 않았다.

당황해하는 나를 대신해 자신을 설명했다

"옛날에 뒷집에 살던 동현이 삼촌입니다."

'동현이? 이구~ 그냥 나도 아는 척해 보자.'

"아~네, 안녕하세요?"

맞장구를 치며 다시 쳐다봤을 때 하얀 교복에 검정 교모를 쓰고 학교 길에 오가며 가끔 지나쳤던 가물가물한 그 남학생의 모습이 남자의 얼

굴에 겹쳐져 왔다.

"아~ 예, 동현이 삼촌이시네요."

그때서야 나도 진심으로 반가운 마음으로 인사를 했다.

54,5여 년 전 내가 중학교 다닐 때 여름방학이면 학교에서 늘 퇴비堆肥해 오기가 큰 숙제였다. 아버지에게 부탁할 수도 없고 내가 살고 있는 곳은 시골도 도시도 아닌 중도시니 어디 가서 풀을 베어 와야 할지가 난감했을 때 뒷집에 살던 당시 고등학생이었던 동현이 삼촌이 늘 내 퇴비까지 해서 들기 좋게 묶어서 갖다 주었다.

불과 5,60여 년 전, 일본 강점기 시절과 6.25전쟁이 끝난 지 얼마 되지 않는 가난과 질병에서 벗어나기 위한 도약跳躍의 시절이었으며 모든 것이 어려운 시절이었다.

그때는 보릿고개가 있어 쌀가마니와 연탄만 있어도 부잣집 소리를 들었다. 부뚜막에 작은 항아리를 두고 밥할 때마다 쌀을 한 숟가락씩 떠내어 보름쯤 모아서 학교에 가져가기도 했다.

요즘 학생들에게는 너무도 생소한 이야기가 되겠지만 반세기 전의 학생들은 퇴비堆肥뿐만 아니라 한 달에 한번 쥐 잡는 날도 정해져 있었고 쥐꼬리 10개씩 모아오기, 파리 잡아서 성냥 통으로 한통 모아오기, 아카시아 잎 한 짐씩 따오기 같은 것이 여름방학숙제였으며 일 년에 한 번씩 학교에서 단체로 회충약 먹기도 있었다.

오랜 식민지에서 벗어났지만 연이은 전쟁과 반 동강이 난 가난하고 질병과 배고픔에 굶주렸던 나라에서 벗어나기 위한 온갖 지혜와 노력을 다하던 시기였다.

농업고등학교 남학생들은 재래식 화장실에서 인분을 퍼서 교내 텃밭에 뿌리기도 했다. 그래서 여학생들은 그 학교를 똥단지 학교라고 놀리기도 했었다.

학교 청소시간에는 책걸상을 모두 뒤로 밀어 놓고 깨끗이 비질을 한 뒤에 마루로 된 교실바닥에 초를 갈아 칠하고 마른 걸레로 빡빡 문지르면 교실바닥이 반들거렸다. 모내기나 농사철에 심한 가물이 들면 여학생이나 남학생 할 것 없이 체육복을 입고 양동이나 세숫대야를 들고 줄지어 논으로 가서 저수지의 물을 논으로 날라다 가뭄으로 갈라진 논에 물을 대는 일도 많았다.

물질 만능시대의 요즈음 학생들은 반세기 전 사람들의 생활을 상상도 못할 만큼 어려운 시기를 보냈다.

반가웠다. 몇 십 년 전 아니, 반세기도 넘는 동안 한 번도 본 적도 없었는데 주름진 내 모습에서 여학생 시절의 내 모습을 기억하고 아는 척을 해주다니 고마웠다.

그때 나는 부끄럼 많이 타던 소녀였고 그는 그의 형수가 날마다 눈부시도록 하얀 교복을 깨끗이 다려 새 옷처럼 입고 다녔던 참 멋있는 고등학생이었다. 나는 직접 퇴비를 부탁도 못 했고 엄마가 나 대신 부탁도 하고 고맙다고 시원한 식혜도 갖다 주기도 했던 사람이다.

한 번도 생각 못했던 반세기 전의 사람이지만 그는 추억속의 한 사람으로 내 머릿속에 있었던지, 살아온 순간순간들이 내 인생의 영상으로 나도 모르게 차곡차곡 쌓여 있었던 모양이다.

제천 큰집에 갔다가 결혼을 앞둔 큰집 질녀와 우리 집으로 오는 기차를 타려고 매표소에서 차표를 두 장 달라고 했더니 안이 보이지 않는 매표소 안에서 아는 척을 하기에 질녀한테 인사를 하는 줄 알았다.

잠시 후 다른 사람에게 자리를 맡기고 밖으로 나온 직원은 반세기 전 한 동네 살던 동갑내기 남학생이었다. 우리는 서로 반갑게 인사를 했고 옆에 있던 질녀에게도 인사를 시켰다. 어디에 사느냐? 어떻게 지내느냐? 기차시간에 쫓기면서 우리는 기억도 나지 않는 말들로 분주하게 즐거웠다. 우리가 개찰구를 나가는 동안 그는 매점에서 음료수와 여러 가지 먹을 걸 사들고 기차 안까지 올라와서 같이 얘기하다가 출발 직전에 내려서도 보이지 않을 때가지 손을 흔들었다.

질녀는 "그토록 오랜 세월이 지난 후에도 쉽게 알아보고 그렇게 반가워하다니 넘 부러워요, 작은엄마." 했다.

"그러게 나도 생각도 못했는데 소녀시절에 한 동네 살아도 그때는 서로 잘 아는 척도 못하고 지냈는데 지금 이렇게 만나니 반갑네!"

달리는 기차 옆으로 빠르게 지나가는 황혼의 들판처럼 세월은 우리를 어느 사이에 반세기를 훌쩍 넘어 노을 곁으로 데려 왔으니, 이제 와서 빠르게 흐르는 시간들을 아쉬워한들 무슨 소용인가. 나는 절대로 나이도 먹지 않고 할머니도 안 될 줄만 알았는데, 젊은 시절 동갑내기들의 머리도 희끗희끗 서리가 내려앉았으니 세월의 무심함을 누가 막으리.

고운이의 행복

(2011년 울산시 체험수필 공모전 대상 수상작)

　나는 지금 큰 거울 앞에서 나 혼자만의 작은 콘서트를 하고 있다
오늘 유치원 아이들에게 들려줄 구연동화와 율동을 연습하는 중이다
누가 훔쳐보기라도 한다면,
　"아이구～ 저 할머니 벌써 노망나셨구나." 했을 테지만 63살 나이에
CD에서 흘러나오는 맑은 동요에 맞춰 율동을 하다 보면 내 마음은 어
느새 유치원 아이가 되어 파란 하늘을 둥둥 떠다니는 새털구름처럼 부
드럽고 평화스럽다. 자료들을 다시 챙겨서 나를 기다려주는 유치원 아
이들에게 간다.
　복지관에서 열심히 배워서 유치원과 어린이집에 구연동화 교육 강사
로 활동을 하면서 타향에서 느끼는 외로움은 없어지고 아이들을 만나기
위해 열심히 공부하고 연습하는 동안 하루하루가 즐겁고 행복하다. 실
감나게 감정까지 넣어 구연동화를 하다 보면 맑고 초롱초롱한 고운 눈
망울 속으로 빨려 들어가듯 제법 진지한 모습으로 듣고 있다. 동요를 부
르며 유희를 하다 보면 내가 더 행복해지고 보람을 느낀다.
　작년 일이 생각난다. '아기 고양이가 너무 심심해'라는 동화를 애기
고양이 머리띠까지 하고 실감나게 해주고,
　"우리 친구들이 엄마 아빠를 기쁘게 해드릴 수 있는 일이 뭐가 있을

까요?" 하고 자기에 맞는 일은 어떤 것이 있을까 물어보는데 아이들은

"어깨 주물러 드리면 기뻐해요."

"밥 먹을 때 수저를 놓았어요."

"노래를 불러 드려요."

하며 제각기 한 마디씩 소리를 지르며 대답을 하는데 며칠 전에 새로 들어온 고운이는 늘 표정이 어둡고 친구들과도 말도 잘 안 하고 내가 아이들과 동요를 부르며 유희를 해도 전혀 따라 하지 않았다.

선생님이 손을 잡고 유희를 하면 울기까지 했었다.

'저 아이한테 어떻게 해 줘야 하나.' 하는 생각을 늘 가지고 있었는데 그날도 아무 표정도 없이 나를 쳐다보고만 있었다.

"고운이는 어떻게 엄마를 기쁘게 해 드릴 거예요?" 하고 내가 물었더니 갑자기 울먹이면서,

"선생님, 저는 엄마를 기쁘게 해드릴 수가 없어요. 우리 엄마는 하늘나라에 계시거든요." 하는 것이다. 순간 머리에서 쾅하는 소리와 함께 손발이 저려 옴을 느꼈다.

'아이고, 어쩌누! 저 어린 걸. 어떻게 달래나.' 하며 당황하면서도 순간적으로 위로하기보다는 앞으로 아이가 세상을 살아나가기 위한 용기와 희망을 주어야겠다는 생각이 번개처럼 스쳤다.

"아~ 그렇구나! 선생님 엄마도 오래 전에 하늘나라에 가셨단다."

"선생님 엄마도요?"

"그래~ 그런데 하늘나라에 계시는 엄마를 기쁘게 하는 일은 뭐가 있을까?" 했더니 무뚝뚝한 목소리로,

"공부 열심히 해서 훌륭한 사람 되는 거요." 하기에

"그래~ 맞다! 공부 열심히 해서 훌륭한 사람 되면 하늘나라 엄마가 기뻐하시겠구나."

"그리고 공부를 잘하려면 건강하고 씩씩하고 예쁘게 자라야겠지."

"선생님은 엄마가 안 보고 싶어요?"

"왜 안 보고 싶어, 하지만 엄마 보고 싶다고 내가 매일 슬픈 얼굴을 하면 하늘나라에 계시는 엄마도 슬플 것 같아서 나는 엄마를 기쁘게 해 드리려고 매일 즐겁게 살아. 너도 엄마가 슬퍼하면 좋겠어?"

"아니요⋯⋯."

"그래, 고운이가 엄마 생각날 때는 하늘나라 엄마도 고운이 생각하실 거야. 그럴 때 엄마하고 많은 얘기를 해. 그리고 저녁에 잠자기 전에 엄마하고 얘기했던 거 그림일기로 쓰는 거야. 어때 재미있겠지? 고운이 그림일기 쓸 줄 알지?"

"네! 지금도 그림일기 쓰는데요!"

"그래~ 고운이는 정말 엄마를 기쁘게 하는 일을 많이 하고 있구나."

고운이와 얘기하는 동안 아이들도 분위기를 알았는지 모두 조용하게 듣고 있었다.

다시 동요 '흉내 내보자'를 노래에 맞춰 유희를 하는데 고운이는 여느 때와 다르게 웃으면서 잘 따라 하는 것이었다. 나는 고운이의 밝아진 모습에서 아픔을 느끼며 웃음을 찾고 큰소리로 노래를 따라 하는 고운이한테서 보람을 얻기도 했었다. 지금쯤 고운이는 초등학교에서 씩씩하고 즐겁게 친구들과 어울려 공부하고 있을 것이다. 오늘따라 고운이가 보고 싶다.

어머니가 보고 싶다.

작품내용 요약

아이들에게 구연동화를 하다 보면 돌발적인 문제가 생길 때도 있다 그럴 때 빠르게 대처하는 방법이 필요하다 아이가 "엄마가 하늘나라에 계셔요." 했을 때 당황했던 일을 지혜롭게 받아들였던 이야기.

엄마가 없어 늘 말이 없고 웃음을 잃은 고운이에게

"하늘나라에 계시는 엄마를 기쁘게 해 드리기 위해 고운이가 할 수 있는 일은 뭘까?"

"공부 열심히 해서 훌륭한 사람 되어 행복하게 사는 거요."

"그래! 맞다. 공부 열심히 해서 훌륭한 사람 되어 행복하게 사는 거겠지."

"그러려면 건강하고 튼튼하고 예쁘게 자라야겠지."

어린 나이에 엄마를 잃고 슬퍼하는 고운이에게 슬픔은 나에게만 있는 게 아니라는 것과 많은 칭찬을 해주며 용기와 희망을 심어주고 친구들과 즐겁게 지내도록 하면서 웃음을 잃어버린 고운이에게 웃음을 찾아주면서 아동교육 강사로 보람을 얻었다

어머니의 명절나기

　지구 전체를 녹일 듯 한여름의 뜨거운 태양이 있었기에 불어오는 갈바람이 더욱 반가운 계절이다.

　높고 푸른 하늘 아래 생각은 깊고 여유로워 풍성한 온 들녘은 사람들 마음을 풍요롭게 하는 가을, 많은 명절이 있지만 그중에 가장 사람들의 가슴을 열게 하고 나눔을 갖게 하는 건 추석 명절이 아닌가 한다.

　더욱이 고국을 떠나 낯선 타국에 살고 있는 외국인들이나 다문화가족들을 생각 없이 바라보던 시선도 이맘때는 전에 느끼지 못했던 애잔한 마음마저 들 때가 많다.

　추석은 타향에 사는 사람들에겐 더욱 고향을 그립게 하는 명절이다.

　크고 작은 선물상자를 들고 바쁘게 오가는 사람들을 보면 나도 양손에 선물을 잔뜩 들고 기차를 타고 어딘가를 가야 할 것 같고, 가고 싶은데 가야 할 곳도 기다리는 사람도 없어 가슴으로 찬바람이 지나간다.

　문화와 경제가 발달되고 모두가 일이 많아지면서 남녀가 동등해진 현시대는 일 년에 한두 번 만나는 명절도 친정이 먼저니, 시댁이 먼저니 하며 명절후유증으로 이혼율까지 늘어난다지만 언젠가는 이마저도 사라질 날이 오지 않을까. 하는 노파심이 생긴다.

　내 어릴 때의 명절은 참으로 행복하고 따뜻했다. 어머니는 일찍이 보름 전부터 명절 맞을 준비를 하셨다. 일 년 내내 사용하지 않던 찬장속의 놋그릇들까지 모두 꺼내어 기왓장을 잘게 부숴서 삼배 천으로 살살 치면 밀가루보다 더 고운 기왓장 가루가 나왔다.

다음 날 아침식사가 끝나면 어머니는 가마니 하나를 뒤란 그늘에 펴고 놋그릇을 닦기 시작하면 아무리 빨라도 오후 해질녘이래야 허리를 펴고 일어서셨다.

마루에 수북이 쌓인 놋그릇은 햇볕을 받아 번쩍번쩍 금빛으로 눈 부셨고 거울 같았다.

이어서 집안 모든 문짝을 마당에 가지런히 늘어 세워놓고 물을 듬뿍 뿌리고 새 창호지를 문에 맞춰 재단하셨다. 검고 누렇게 변한 구멍 뚫리고 물에 젖은 창호지를 떼어내고 물걸레로 일일이 그 작고 많은 창살을 닦으셨다.

물을 부어 씻어내면 될 걸 왜 그렇게 힘들게 하느냐고 물은 적이 있다. 창살은 못을 전혀 쓰지 않고 모두 홈을 파서 끼워 제작했기 때문에 물이 많이 가면 문짝이 틀리고 창살이 모두 내려앉는다고 하셨다.

깨끗해진 창살에 풀을 바르고 재단해 놓은 창호지를 문에 바른 다음 손이 자주 가는 문고리 부분엔 솔잎이나 은행잎, 국화잎을 사이에 붙이고 다시 창호지 한 장을 덧발랐다. 다 바른 문들을 다시 바르게 세우고 어머니는 입 안 가득 물을 물고 예쁜 무지개가 피어나도록 창호지 위로 뿜어내기를 하신 다음 문짝들을 조심스럽게 그늘진 뒤란에 가지런히 세워 놓았다가 해 지기 몇 시간 전에 들고 와서 문틀에 끼우면 팽팽해진 문에서 탱탱 맑은 북소리도 나고 방은 한결 밝아졌다.

다시 어머니는 대청소가 이어진다. 머리에 수건을 쓰고 다락으로 올라가 그동안 쌓인 먼지를 털어내고 서까래가 보이는 낮은 천장까지 물걸레로 닦으며 장독대와 뒤뜰에 쌓아둔 가마니들까지 모두 들춰내고 털어낸다. 어머니가 집 전체를 목욕시킨 것 같다는 생각이 들었다.

그리고 여름에 덮던 삼베이불과 베갯잇과 벽에 걸린 옷가지들을 몽땅 보자기에 싸서 머리에 이고 강가로 가신다. 발을 물에 담그고 먼저 한 빨래는 모래강변이나 바위에 널어가며 그 많은 빨래를 다해서 돌아올 때는 뽀송뽀송하게 마른 빨래들을 보자기에 싸들고 오시는 어머니의 흰 코고무신도 눈처럼 뽀얗게 빛났다.

저녁엔 옹기종기 한 이불 밑에 자고 있는 오남매 머리맡에 앉아서 옷 가지 하나씩을 챙기신다. 작아진 큰아이 옷은 밑단을 줄여서 작은아들 입히고 큰딸과 막내아들은 코르덴바지 하나씩만 사고 일 년에 한 번씩 사는 속옷들 6벌과 양말 6켤레만 사면 그럭저럭 한겨울은 날 것이다. 어머니는 작은 잡기장에 연필에 침을 발라가며 기록을 하지만 우리 식구는 분명 7명인데 늘 6명의 것만 어머니 잡기장에 기록된다.

아버지의 풀 먹인 옥양목 두루마기는 다시 한 번 손질하고 다림질해서 장롱에 조심스럽게 넣어두고 이번엔 양말 보따리를 풀어 놓으면 짝짝 양말이 더 많다. 한쪽이 많이 떨어져 버린 것도 있고 강에서 빨래하다가 떠내려 보낸 것도 있지만 난 그 남겨진 짝 양말들을 볼 때마다 잃어버린 짝 양말의 행방이 궁금했다.

없어진 짝을 이리저리 맞추시는 어머니의 짧은 밤은 새로 바른 창호지 문으로 이미 부옇게 새벽이 오고 있었다.

이젠 방마다 찌든 벽지를 찢는 작업이 아침 일찍부터 시작되고 우리도 신이 나서 벽에 달려들어 벽지를 찢기도 했다. 아버지와 어머니는 벽지를 재단해서 도배를 하기 시작하신다. 그런데 난 아버지와 어머니가 같이 도배를 할 땐 불안하기도 했다. 이상하게 천장을 바를 때는 꼭 몇 번씩 다투시는 모습을 봤기 때문이다.

다음날은 일찌감치 쌀 몇 됫박하고 들깨와 검은콩을 자루에 담고 장에 가신다. 차례 상이나 제사는 큰집에서 지내지만 남의 집 음식 보고 먹고 싶어 할 자식들을 위해 명절마다 이것저것 음식을 만드셨다. 나는 엄마 몰래 뒤를 따라가다가 시장에 다 왔을 때쯤 슬며시 엄마 옆에 서면 엄마는 왜 왔냐고 야단은 치지만 이미 왔는걸. 돌려보낼 수도 없으니 내 손을 꼭 잡고 이미 튀겨놓은 다른 집 강정을 한 주먹 얻어다 주신다. 나는 엄마가 그럴 줄 알고 뒤따라 왔고 찹쌀강정은 참 맛있었다.

　뻥튀기한 쌀과 콩을 엿물에 잘 버무려서 반들거리는 부뚜막을 다시 한 번 닦으신 다음 엿물에 버무린 콩과 쌀을 골고루 펴고 다듬이 방망이로 자근자근 밀어낸 다음 한참 후에 칼집을 내시면 정말 맛있는 엄마 표 강정이 된다.

　특히 아직까지 잊히지 않는 어머니의 특별한 음식은 안동식혜다.

　최상의 찹쌀로 고두밥을 지은 다음 맑게 가라앉힌 엿기름물을 붓고 생강과 무는 채 썰기를 하고 사과, 당근, 배는 아주 작고 얇은 깍둑썰기를 해서 모두 고두밥에 넣고 곱게 친 고춧가루를 섞어서 이틀쯤 재웠다가 손질한 땅콩을 뿌려 먹으면 정말 맛있는 안동식혜가 된다. 어머니가 만드실 때 제대로 배우지 못한 탓에 아무리 어머니 하시던 대로 흉내를 내 보지만 그때 먹어본 그 맛이 아니다. 특히 눈이 내리는 한겨울에 살얼음이 살짝 얼어 있던 식혜 맛은 그야말로 잊을 수 없는 맛이다

　분주해진 어머니를 보면서 곧 명절이 오는 걸 알고 좋아했는데 그토록 분주하고 바쁘시던 어머니의 명절나기는 어머니가 돌아가시면서 가져가셨는지 함께 사라지고 이젠 그리운 추억만 남아 있다.

눈꽃 위에 핀 카네이션

늦은 밤, TV토크쇼에서 황금알이라는 프로를 무심코 보다가 연세대 교수 황수관 박사의 "이 세상에서 가장 아름다운 단어는 어머니"이라는 주제로 한 강의에 연예인도 의사도 나도 눈물을 흘렸다.

황수관 박사가 어렸을 때 홍역으로 죽을 지경에 이르자 아버지는 장사 치를 준비를 하는데 어머니는 어린 아들 황수관을 안고 눈물을 흘리며 밤새도록 진물 나는 얼굴의 붉은 반점을 혀로 핥아 살려냈다는 황수관 박사의 말에 지극한 모성애에 감격한 시청자들은 모두 울었던 것이다.

상상조차 할 수 없는 일도 가능하게 하는 게 어머니이다.

어느 날 꽃시장에서 카네이션을 보고 '벌써 5월인가!' 생각하며 반가움에 당신께 드릴 수도 없는 카네이션 꽃다발을 안고 집으로 왔다. 저녁엔 카네이션 옆에서 글을 쓰며 그리운 어머니를 만났다. 하지만 다음 날 가게에서 아직 4월이라는 걸 알았을 때 소리 없이 빠르게 흐르는 강물 같은 세월을 잊고 싶어선지 요즈음은 날짜 가는 것도 잊었던 자신에게서 세월의 무게를 느낀다.

꽃시장엔 한겨울에도 카네이션이 있었을 터인데. 나는 흰 눈 내리는 겨울에도 카네이션을 보면 어머니와 5월이 떠오른다. 카네이션 잎이 시들 무렵 텔레비전에서 어버이날이라는 방송을 보고 어머니 생각을 했다. 카네이션은 계절 없이 어머니와 5월을 떠올리게 한다.

오래 전 남편이 감기가 걸린 것 같다며 며칠간 약을 지어 먹어도 차도가 없이 점점 열도 심하고 오한까지 든다고 하더니 다음날은 아침 일찍 출근했다가 조퇴를 하고 왔다. 30세 중반의 건강한 스포츠맨이었던 남편은 자기 건강만 믿고 아무리 병원에 가자고 해도 말을 듣지 않고,

"감기로 무슨 병원을 가느냐!"며 고집을 부렸다.

일반 감기가 아닌 것 같다는 생각이 든 나는 택시를 불러놓고 재촉했다. 그때서야 유세를 부리듯 불만을 해가며 영주 순창병원으로 갔는데 큰 시숙 동창이신 원장님은 깜짝 놀라며 유행성 출혈열이라며 "왜 이제 왔느냐." 하시며 바로 입원을 해야 한다고 했다.

유행성 출혈열이 얼마나 무서운 병인지는 모르지만 순간적으로 그렇게 위험하다면 사촌 질녀가 수간호사로 있는 안동성서병원으로 바로 가야겠다는 생각으로 병원에서 주는 약을 들고 입원 준비해서 오겠다고 하고는 돌아오는 택시 안에서 바로 안동으로 가자고 했다. 남편은 또 고집을 부리며 의사를 불신하는 말만 하면서 오늘 지어온 3일분을 먹어본 후에 그때 병원에 가자는 것이었다.

참으로 어처구니없는 남편의 고집으로 속 끓인 그때 일들을 생각하면 지금도 화가 난다. 아침부터 오후 5시가 넘도록 실랑이를 하다가 도저히 남편의 고집을 당할 수가 없어 시숙과 친정어머니를 남편이 누워 있는 방으로 들여보냈다. 하지만,

"아침에 병원에서 지어온 약을 먹어본 후에 차도가 없으면 그때 병원에 가면 되잖느냐."라는 말에 그 말도 일리가 있는 것 같다며 오히려 남편에게 설득을 당하고 나오는 것이었다.

남편은 정말 이해가 안될 만큼 이유 없는 고집을 내세웠다.

해가 지고 어두워지자 점점 못 견디던 남편은 그때서야 병원에 가 봐

야겠다고 하더니 비틀거리며 혼자 밖으로 나갔다. 나는 얼른 친정어머니와 손위동서에게 남편과 병원에 좀 같이 가봐 달라고 전화로 부탁을 했다. 병원에 도착했을 땐 이미 늦은 밤이었고 마침 편도선 수술을 하고 입원 중이던 질녀는 놀라서 뛰어 나왔고 퇴근했던 의사는 질녀와 인턴의 연락을 받고 병원으로 급히 왔으며 입원실 밖에는 〈금식, 면회사절〉이라는 표지판이 바로 붙여졌다. 그리고 남편의 팔에는 4개의 주사바늘이 꽂혔다. 밤이 깊어지자 남편의 온몸에는 붉은 반점과 핏줄이 여기저기 솟아나고 눈까지 빨갛게 충혈되고 복통까지 일어나 밤새도록 누웠다 앉았다 하며 호흡곤란까지 와 괴로워했다.

질녀와 의사는 한밤중에도 몇 번을 다녀갔으며 의사는 질녀에게 "늦은 것 같다"며 조심스럽고 불안한 말을 했을 때 어머니는 안절부절못하시다가 두 번이나 기절을 하셨다는 말을 나중에 형님한테 들었다. 질녀는 "오늘도 유행성 출혈열로 두 사람이나 사망했다"고 했고 우리 집 뒤에 사는 택시기사 한 사람도 며칠 전에 그 병으로 돌아가셨다는 말을 한참 후에 나도 들은 거 같았다.

그 해에 그 병이 유행이었다고 했다. 형님께 잠시 병실을 부탁하고 새벽에 어머니가 초조한 모습으로 오셨는데 하룻밤 사이에 어머니의 모습은 몰라보도록 수척해지셨다. 추운 날씨인데도 땀을 흘리셨다

"배서방은 어떠냐?"고 아버지가 근심스럽게 물으시자,

"아무래도 사람을 놓칠 것 같다."는 어머니의 한숨 섞인 말에 아버지는 참담한 모습으로,

"아이구, 이 일을 어쩌누!" 하시더니

"어미야, 차라리 배서방보다 네가 먼저 죽어라"고 하시며 돌아앉아서 천장을 보셨다. 올망졸망 젖먹이 딸린 어린 삼남매 데리고 혼자서 긴 세월 살아갈 딸의 모습은 고통이라는 말씀으로 들렸었다. 어머니는,

"죽기는 네가 왜 죽어! 아이들 걱정하지 말고 어서 병원으로 가봐라." 하시며 눈물 글썽이셨다. 남편은 병원 복까지 벗은 맨 몸과 얼굴 전체에 붉은 반점으로 덮여 보기조차 무서웠다. 나는 딱하다는 마음보다 자기 몸 아파서 병원에 오는 것조차 일찍 오지 못하고 시기를 놓치고 힘들게 했던 남편이 미움과 원망스러움이 더 컸다.

어머니는 마지막 방법으로 철학관을 찾아가셨다. 음력 정월달이면 한 번씩 찾아가시고 동생들이나 우리 아이들 이름을 지을 때마다 찾아가셨던 그 철학관은 일어서지도 못하고 손도 한손만 정상일 만큼 장애를 가진 아버지와 동갑이었던 남자 분이셨는데 들 귀신이 들렸다고 하더라며 유행성 출혈열은 들쥐가 옮긴다는 의사의 말과 들 귀신이 들렸다는 철학관말을 신통함으로 받아들인 어머니는 들 귀신을 떼어내는 굿을 부탁하셨다. 글로 풀어서 사주를 봐주는 그 철학관은 굿은 전혀 안 하셨는데 어머니의 간곡한 부탁에 어쩔 수 없이 해주겠다고 했던 그날 밤, 동짓달의 칼날 같은 찬바람과 진눈깨비 내리는 한 밤중에 굿판에 쓸 제물을 동서들에게 들리고 50세도 안 되었던 젊은 어머니는 장애인 철학관 아저씨를 조금의 망설임도 없이 들쳐 업고 한 번도 쉬지 않고 동수나무가 있는 곳까지 길고 좁은 논둑길을 뛰다시피 달음질치셨다. 어머니는 살을 에는 찬바람에도 오뉴월 같은 비지땀으로 옷을 흠뻑 적시며 들 귀신 들렸다는 만사위 일어나게 해 달라고 간절히 빌고 절을 하셨다. 그리고 굿판이 끝난 그 새벽, 다시 그 길을 지치고 떨리는 다리를 감수하고 철학관 아저씨를 업고, 진눈깨비로 앞이 보이지 않는 그 논둑길을 오셨던 어머니!

그 밤이 고비였던 남편은 어머니의 정성과 지성으로 고비를 넘기고 20일 만에 집으로 돌아온 뒤 며칠 후에 동서에게서 그 말을 들었을 때 번개 맞은 듯 뜨거운 전율과 어머니의 사랑에 목이 메어 눈물을 흘렸다.

그것을 어떻게 무지와 미신이라고 하겠는가. 누구도 흉내 낼 수 없는 어머니의 위대한 사랑! 모성애만이 할 수 있었을 것이다.

하얀 모시치마저고리 입고 파란 들판을 지나 외갓집 가시던 고우시던 어머니에게 어디서 그런 힘이 나왔는지,

겨울에는 자주색 벨로와 치마저고리를 자주 입으셨는데 그 촉감이 신기할 만큼 좋았고 아름다운 벨로와 한복에다 옷고름 대신 별모양의 예쁜 핀을 꽂으신 어머니는 금세 다른 사람으로 변했다. 어린 시절 세상에서 우리 엄마보다 더 예쁜 사람은 절대로 없을 거라고 생각했던 적이 많았다. 자존심과 모성애가 남달리 강하셨던 어머니는 궁색한 살림에 다섯 자식을 키우면서도 부족한 자식들 기죽지 않도록 "넌 뭐든지 잘할 수 있고 나중에 꼭 훌륭한 사람으로 성공한다고 사주에 나왔다."며 용기를 주셨다. 속으로는 엄마가 괜히 지어낸 말일 거라고 생각하면서도 기분이 좋아지고 용기도 생겼다. 우리 오남매는 모두 "엄마가 나만 좋아한다."는 생각을 하며 자랐다

이제 40여 년이 지나고 환갑이 지난 지금 거울 속에 비친, 나의 모습에서 짙은 어머니의 향수를 느끼며 하얀 모시 치마저고리를 입으시고 내 손잡고 외가에 가던 때가 몹시도 그립고 가슴에서 영원히 지워지지 않는 어머니의 초상화로 남았다.

작은 소녀의 하루

젊은이는 희망에 살고 늙은이는 추억에 산다는 말을 지나는 바람처럼 흘려듣던 말이 어느 날 내 안으로 들어왔는지 방금 있었던 일도 깜빡깜빡 잊어버리고 외출할 때 잘 잠긴 가스도 불안해서 다시 돌아오는 일이 부지기수不知幾朔인데 오히려 수십 년 전 일들은 어제 일같이 선명하게 내 머릿속으로 들어오니 아무리 아니라고 변명해도 이젠 어쩔 수 없이 늙은이 자리에 왔음을 부정할 수 없다.

60여 년 전 그때 동생이 하나뿐이었으니 분명 내 나이는 5살쯤이었을 것이다. 5살의 작은 아기적 일이 65살, 이 나이에 행복했던 추억으로 주름진 내 얼굴에 미소를 짓게 한다.

어머니는 동생을 업고 읍내로 장보러 가시면서 나를 외갓집 외삼촌에게 맡기셨다.

나는 온종일 외삼촌 뒤를 쫄랑쫄랑 따라다녔다.

외삼촌은 넓은 마당 구석 돌담 밑에 화분에 있는 꽃나무들을 모두 쏟아 부었다가 다시 꽃나무를 심었다가 다시 돌담 밑에 있는 예쁜 맨드라미꽃과 키 큰 달리아 꽃 앞에 가지런히 놓고 지게를 지고 뒷산으로 올라갔다.

물론 나도 그 뒤를 열심히 따라갔다.

외삼촌이 지게에 나무를 한 짐 올려놓는 동안 나는 이리저리 뛰어다니며 제비꽃이랑 할미꽃이랑 노랑 똥풀 꽃이랑 한 움큼 꺾어 들고 있었다.

그때 내 옷은 엄마가 손수 만들어준 흰 무명으로 만든 칼라가 달리고 한쪽만 주머니가 달린 남방과 흰 무명천에다가 검정물감을 들인 검정치마였고, 신발은 양쪽 옆에 고무로 만든 리본이 달려 있었던 것으로 생각난다.

나는 외삼촌이 보이지도 않게 높게 진 나뭇짐 지게를 따라 내려왔다. 지게에 실린 나무 꼭대기에는 내가 꺾었던 꽃이 꽂혀 있었고 그 위를 흰나비 두 마리가 나풀나풀 춤을 추며 나하고 같이 외삼촌 나무지게 뒤를 따라 내려오고 있었다.

나는 혹시 외삼촌이 앞으로 넘어지지나 않을지 걱정하며 뛰면서 따라왔다.

오후엔 외삼촌을 따라 외갓집 앞에 텃밭 고추 밭으로 들어갔다. 외삼촌은 연신 큰 바구니에 붉은 고추를 따 담았다. 나는 그냥 밭고랑을 왔다 갔다 하는데 고추 하나가 나한테 부딪쳐서 떨어졌다. 놀라서 외삼촌을 쳐다봤는데 외삼촌도 놀라면서,

"큰일 났다. 빨리 고추를 제자리에 붙여놓아라." 했다.

나는 외삼촌까지 놀라며 하는 말에 겁이 덜컥 나서 외삼촌이 다른 고랑에서 고추를 따는 동안 계속 고추를 나무에 붙여 보았으나 손을 놓으면 고추는 떨어졌다.

저녁에 무서운 외할아버지한테 혼나는 외삼촌이 생각나서 열심히 고추를 고추나무에 붙여 보았지만 절대로 붙여지지 않았다.

고추나무는 내 키보다 더 큰 것이 많았는데 고추를 붙이다가 지쳐 앉아서 붙여 보았으나 계속 떨어지기만 했다.

외삼촌은 이미 고추를 한 바구니 따가지고 집으로 들어간 지 오래고

내가 고추나무에 묻혀 계속 고추를 붙여 보다가 울다가 하는 나를 잊어버리고 뒤꼍에 있는 툇마루에 누워 달콤한 잠에 빠졌다.

나 역시 고추 밭에서 죽어도 붙지 않는 고추를 들고 울다 말다 지쳐서 그대로 고추나무 사이에서 잠이 들었다.

어느 때쯤인지 시끄러운 소리에 깨어 보니 나는 엄마한테 안겨 있고 엄마는 계속 외삼촌을 야단치며 소리를 질렀다. 엄마한테 안긴 채 살며시 눈을 뜨고 외삼촌을 봤더니 외삼촌은 그냥 빙긋이 웃기만 했다.

나는 그때까지 붙이지 못한 고추 때문에 외삼촌이 야단맞는 것이 미안해서 얼른 눈을 감고 엄마 가슴팍으로 고개를 돌려버렸다.

외삼촌은 육십 년도 넘은 이 일을 기억이나 하실는지.

아버지는 읍내 어느 화물 회사에 다니셨고 늘 우리 집에서 5Km 이상을 자전거를 타고 다니셨는데 당시 자전거 한 대가 지금의 차 한 대만큼 친구들에게 자랑거리였다. 아버지는 점심식사를 그 멀리 있는 집까지 오셔서 드셨다.

그때 나에게 가장 즐거운 일은 방천 위에 있는 우리 집 앞에서 큰 길까지 아버지의 짐자전거 뒤에 타고 내려가는 것이었다.

아버지가 식사하는 동안 나는 벌써 방천 앞에 나와서 아버지를 기다렸다.

아버지는 나를 번쩍 들어 아버지의 짐자전거 뒷자리에 앉히고 내 작은 팔로 아버지의 허리를 묶듯이 붙여 놓으셨다.

"성주야, 다리가 자전거에 찡기면 큰일 나니까 다리를 양 옆으로 뻗어야 한다. 알았지?"

나는 발이 자전거 바퀴에 끼이지 않도록 힘껏 양쪽으로 벌리고 아버지의 허리끈을 손이 아프도록 쥐었다. 떨어지면 큰일이니까.

아버지의 허리에 얼굴을 묻고 눈을 꼭 감았다.

가슴은 써늘하고 바람이 너무 세서 코를 막아 숨을 쉴 수가 없어 헉헉댔지만 그 긴 방천을 내려오는 동안 나의 기분은 상쾌 통쾌했었다.

방천 밑에까지 내려오면 아버지는 나를 번쩍 들어 내려놓으면 나는 다시 작은 발로 방천 꼭대기에 있는 우리 집까지 한참을 걸어가야 했다.

하루는 급히 내려가는 아버지 짐자전거가 돌부리에 걸려 급정거를 하는 바람에 나는 땅으로 내동댕이쳐져 버렸다. 정강이가 벗겨져 피가 흘러내렸고 아버지는 자전거를 세워놓고 풀잎으로 닦아 주면서,

"많이는 안 다친 것 같으니 빨리 엄마한테 가 봐라." 하고는 아버지 혼자 자전거를 타고 아직도 남은 내리막길을 달려가셨다.

나는 아프기도 하고 아직도 남은 내리막길을 못 내려간 아쉬움에 방천 중턱에 앉은 채 아버지의 뒷모습만 보다가 땅바닥을 양손으로 보드라운 흙이 나올 때까지 오른손에서 왼손으로 왼손에서 오른손으로 쪼르르 내리다가 고운 흙만 남았을 때 피나는 정강이에 사르르 조심스레 흘렸다.

피는 멈췄고 엄마는 절대로 모를 것 같았다. 엄마가 알면 큰일이었다. 절대로 자전거를 못 타게 할지도 모르니까. 그래도 나에겐 가장 즐거웠던 일이기에 그 다음날도 점심때쯤이면 아버지를 기다렸다가 아버지가 식사하는 동안 늘 방천에 먼저 나와 아버지를 지루하게 기다렸다.

3부
추억만 먹고 살기엔 아직 젊어

악몽

(장편소설 『좋은 날의 일기』 전문)

대학교 앞에서 레스토랑을 할 때다. 그때 내 나이 50대 초반이었다. 모든 것이 마음먹은 대로. 원하는 대로 이루며 별 어려움 없는 내 인생의 주인으로 전성기를 이루며 살아 왔다.

피로연 예약 손님을 맞이하기 위해 짙은 청색 벨로와 원피스에 굽 높은 하이힐을 신고 큰 거울 앞에서 몇 번을 앞뒤로 비춰보고 행복하게 웃으며 출근했다. 하지만 몇 시간 후 악몽 같은 현실이 돌풍처럼 밀려와 어둡고 긴 터널 속으로 나를 밀어 넣었다.

이것이 인생이다.

오늘이 행복하다고 웃을 일만 아닌 것 같다. 행복과 불행은 언제나 공존하는 것이라는 걸 늦은 나이에 배웠다

다른 날보다 조금 일찍 가게로 나가서 청소를 하고 예약하러 온다는 손님을 기다렸다.

"따르릉~."

결혼 피로연 예약 손님이 지금 온다는 전화인 줄 알고 수화기를 들었는데,

"여보세요~."

"고모, 정인인데요. 할머니하고 아빠가 지금 교통사고가 나서 성누가

병원에……."

"뭐라고, 언제 어쩌다가? 알았다."

마른하늘 날벼락 같은 전화를 받은 나는 아무 상황도 모르면서 팔다리가 떨리고 다리가 뻣뻣해져서 운전이 제대로 되질 않았다.

응급실 안에는 어머니와 남동생과 올케가 모두 다리와 머리를 붕대로 감고 누워 있었다. 나의 황급한 전화를 받고 달려온 남편은 의사의 말대로 남동생을 병원 앰뷸런스에 태우고 함께 안동병원으로 가고 올케와 어머니는 영주 성누가병원에 입원을 시켰다.

저녁에 사촌 남동생 내외가 와서 어머니가 계속 토하는 걸 보고 빨리 어머니를 안동으로 모시고 가야 한다고 해서 다시 어머니를 앰뷸런스에 모시고 안동으로 갔다.

의사는 영주에서 가지고 간 사진을 들여다보면서 설명했다.

중환자실 동생 옆에 있던 남편은 나를 밖으로 데리고 나가더니 동생이 많이 위중하다고 했다. 동생은 아픔을 못 참아 계속 비명을 지르고 괴로워했다.

"사고 나면서 갈비뼈 8개가 폐를 찔러서 지금 폐에 피가 고여 있고, 다리가 여러 군데가 부러져서 지금 당장은 수술도 하기 어려운 형편이지만 2~3일 고인 피를 뽑아내고 수술을 하면 지금 봐서는 생명에는 지장이 없을 것 같다."는 의사의 말이다. 다시 큰올케가 있는 영주 병원으로 갔는데 적은올케가 큰올케에게 수혈을 하고 있었다.

친정 언니도 아닌 손위의 동서를 위해 자기 몸도 약하면서 선뜻 피를 나누어 준다는 건 참으로 어려운 일일 텐데 작은올케가 너무도 기특했지만 당시에 나는 모든 것이 불안하기만 했다. 그 모습을 안타깝게 지켜보는 올케의 친정어머님께 죄스러웠다.

그리고 그 밤에 다시 안동병원으로 왔는데 동생은 계속 아프다고 소리를 지르고 어머니는 다시 토하기 시작했다.

의사들은 다시 어머니를 중환자실로 옮기고 CT촬영을 하면서 바쁘게 왔다 갔다 했다.

그런데 조금 전까지 말을 잘하시던 어머니는 중환자실로 옮기고부터 굳게 입을 다물었다. 나는 놀라서 어머니를 흔들며 소리 내어 울었다.

"엄마! 이러면 안 돼! 눈 좀 떠보라고……. 이러다가 정말 죽을지 몰라……. 힘 있게 눈 좀 떠봐! 엄마!"

너무나 황당하고 숨이 막혀 소리 지르며 어머니한테 정말 무슨 일이 일어날 것 같은 두려움과 무서움에 몸이 떨렸다.

멀리 있는 동생들이 왔을 때는 이미 어머니는 입과 눈을 감은 지 한참 후였다.

"엄마! 이건 말도 안 돼! 말도 안 되잖아. 눈 좀 떠봐요. 내 말이 들리면 눈을 뜨던지……. 손가락이라도 움직여 봐……. 엄마……. 제발……."

동생들이 울면서 어머니를 흔들어 보았지만 어머니의 굳게 감은 눈은 전혀 움직임이 없었다.

중환자실 어머니의 반대편에서는 동생이 고통을 못 이겨서 괴로운 비명소리가 온 병원을 흔들었다. 우리는 모니터만 보면서 눈물로 밤을 새웠고 동생은 점점 더 괴로워했다.

의사는 한밤중에 몇 차례 불려나왔지만 동생은 여전히 소릴 지르며 아파했다.

아무래도 이러다가는 동생이 어머니보다 먼저 일을 당할 것만 같은 불안감이 몸서리를 치게 했다. 한밤중에 불려나온 의사 옷자락을 잡아 흔들며 울면서 말했다.

"선생님, 내 동생은 괜찮을 거라고 하셨잖아요. 지금 동생이 저토록 괴로워하는데 아무래도 동생이 어머니보다 먼저 일을 당할 것 같아요. 선생님 제발 우리 엄마하고 동생 좀 살려줘요……."

나는 병원 바닥에 앉아서 의사의 옷자락을 흔들며 울었다. 그리고 동생들에게 둘러싸여 있는 어머니에게 갔다.

"엄마, 엄마 어쩌누……. 윤식이가 엄마보다 먼저 죽을 것 같네 엄마! 윤식이 좀 살려 봐! 엄마는 그런 거 잘 하잖아. 어떻게 좀 해봐요. 엄마! 윤식이가 죽고 엄마가 깨나면 엄마가 어떻게 살아! 차라리 엄마가 먼저 가야지……. 엄마! 엄마가 먼저 죽어야 할 것 같네! 엄마! 어떻게! 어떻게 우리 집에 이런 일이 엄마……."

나는 어머니가슴을 만지며 소리 내어 울었다. 그런데 그때까지 아무 움직임이 없던 어머니의 미간에 세 개의 줄이 생기고 굳게 감은 눈언저리에 이슬이 맺혔다,

"엄마~ 제발 정신 좀 차려봐 제발……. 너희들. 지금 엄마한테 하고 싶은 이야기 다해. 엄마는 지금 모두 듣고 있을 테니까."

동생들에게 어머니한테 하고 싶은 이야기를 하라고 했다.

동생들은 모두 소리 내어 울면서 제각기 어머니께 하고 싶은 말들을 했다. 그날 밤 어머니는 영원히 우리 곁을 떠났다.

심장이 찢겨 나가는 것 같았다. 누군가 내 가슴에 비수를 꽂는 아픔이었다. 온몸의 피가 빠져나가 버리는 것같이 다리가 접혔다.

"누가 내 엄마를 좀 살려주어요! 엄마 제발 가지마!"

어머니는 따뜻한 체온만 남긴 채 올케가 입원해 있는 영주 성누가병원 영안실로 왔다. 나는 어머니의 운구를 따라가며 또 하나의 고통에 시달렸다.

내가 왜 엄마를 먼저 죽으라고 했는지……. 그 말을 들어서 그날 밤 어머니가 돌아가셨는지 모르겠지만 제각기 타고난 목숨이 다른데 이승

에서 부모 자식 연을 맺었다고 자식은 살고 어머니는 죽으라고 그런 이
기적인 논리가 어디 있다고.

어머니가 자식을 잃고 괴롭고 마음 아파할 것만 생각하고 어머니의
목숨 소중한 건 왜 생각 못하고 그런 소리를 했는지. 어머니가 지금 어
떤 고통을 겪으며 사경을 헤매고 있을지도 모르면서 그런 소릴 하다니.
그 일은 오래도록 나를 괴롭혔다.

(중략)

오랜만에 가게로 왔다.

전과 다름없는 가게에서 그때 듣던 음악을 틀었는데도 모두가 썰렁하
고 허전하고 슬픔이 밀려왔다.

잠시 후 연락을 받은 아르바이트생들이 들어와서 간판 불을 켜고 청
소를 하며 분주히 움직였지만 나는 모든 것이 권태롭고 울고 싶기만 했
다. 어머니의 죽음을 도저히 받아들일 수가 없었다.

나는 다시 차를 타고 시내를 지나 어머니 산소로 갔다.

어제 왔었던 엄마 곁인데 아주 오랜만에 온 것처럼 느껴졌다.

"엄마! 엄마가 가신 데는 어딘데 왜 이렇게 안 와……. 세상 사람이
다 죽어도 우리 엄마는 절대로 안 죽고 안 돌아가셔야 하잖아! 이건 정
말 말도 안 되잖아……. 엄마가 진짜 여기 있다면 대답 좀 해 보라
고……."

산소에서 내려오는데 계속 산새가 지저귀며 내 머리 위에서 따라오는
것 같았다. 어제하고 똑같은 소리로 보아 어제 그 새 같았다.

차를 도로 옆에 세워두고 시장으로 들어가서 가게에 쓸 야채와 과일
을 사들고 오는데 내 앞에 조금 떨어진 곳에서 어머니가 걸어가고 계셨
다.

무얼 비닐봉지에 사들고 꽃동산 쪽으로 바삐 걸어가고 있었다. 빠른

걸음으로 계속 어머니를 따라가는데 어머니는 꽃동산을 지나서 어느 골목으로 들어갔다.

뛰다시피 도로를 건너고 꽃동산을 지나 따라갔는데 어머니가 어느 골목으로 들어가 버렸는지 보이지 않았다.

골목마다 뛰어가며 큰소리로 불러보았지만 어머니는 보이지 않았다.

"참……! 그렇지 우리 엄마는 돌아가셨지……."

그냥 터덜터덜 방천을 따라 강둑 쪽으로 올라가다가 강둑에 다리를 펴고 앉았다. 그리고 강 건너 석양을 향하여 큰소리로 어머니를 불렀다.

"엄마~~ 엄마아~."

강 건너 몇몇 사람들이 이쪽을 향하여 고개를 돌려보고 있었다.

"누가 우리 엄마를 못 보셨나요. 참으로 유순하고 곱게 생기고 나하고 꼭 닮은 우리 엄마를 못 보셨어요? 엄마! 도대체 어디를 갔기에 이렇게 안 와."

나는 그대로 소리 내어 한참 울다가 가게로 터덜터덜 걸어왔다.

"사장님, 차는 어쩌고 걸어오세요?"

"응? 차?"

시장 앞에 차를 세워두고 어머니 닮은 사람을 따라가다가 시장 본 것은 강둑에 두고 나 혼자 터덜거리고 가게로 온 것이다.

온풍기를 뜨겁게 온도를 올렸다. 계속 춥고 온 몸이 아파오기 시작했다. 그 악몽은 지금도 가슴 구석에서 고통으로 남아 있다.

뿌리 깊은 사랑

할아버지가 손자를 데리고 와서 아이스크림을 하나 사들고 가신다.

한가한 시간이라 저절로 눈이 따라 갔다.

할아버지와 아들, 손자가 마트로 나들이를 오신 것 같다.

요즘엔 대형마트가 아이들에겐 가장 좋은 놀이공원인 것 같다.

서점 앞에는 목이 긴 기린 모형의 긴 의자가 앉아서 웃고 있다. 그 기린은 하루에도 몇 번씩 사람들의 모델이 되어준다. 연인들이 와서 한판, 가족들이 와서 한판, 아이들 데리고 온 엄마들도 한판,

온종일 기린은 수많은 사람들에게 모델이 되어주고 때로는 이유 없이 볼을 만지거나 때리며 가는 사람한테 매도 맞는다. 하지만 기린은 한 번도 화내는 일 없이 빙긋이 웃으며 모델이 되어 준다.

아빠는 아이를 기린 옆에 앉혀놓고 아이스크림을 맛있게 먹는 모습을 사진 찍고 싶어 하는데 아이는 아빠의 마음에는 아랑곳없이 내려오려고 발버둥을 친다.

아이 앞에서 손뼉치고 아이를 어르던 할아버지가 보다 못해 아이 옆으로 가서 아이를 안자 아이는 방글거리며 할아버지를 향해 작고 앙증맞은 손가락을 펴서 V를 그렸다.

할아버지도 손자를 보며 굵은 손가락으로 V를 하며 웃으셨다. 모두 입가에 함박 웃음꽃이 피었고 멀리서 아름다운 삼대의 행복한 모습을

보고 나도 웃었다.

　순간, 아들이 휴대폰에 눈을 고정한 채 할아버지에게 빨리 나오라고 팔랑팔랑 손짓을 한다.

　할아버지가 어색한 웃음을 지으며 나오자 다시 아이는 할아버지를 따라 나오면서 깡충거렸다. 아빠는 아이를 다시 앉히려고 애쓰지만 결국 아빠는 사진 찍기를 포기한다.

　모두는 아쉬움을 남기고 떠나갔다. 나도 공연히 쓸쓸해졌다.

　할아버지와 아기의 다정한 모습을 그대로 찍으면 좋았을 텐데 왜 아버지는 빼고 아들만 찍으려고 했을까. 필름 값이 드는 것도 아닌데 말이다.

　어느 해 명절날 아들집 가까이에 이사 온 아들 후배 집을 방문한 적이 생각난다. 아들 후배는 아버지의 사업을 물려받아 열심히 뛰어다니는 부지런하고 성실한 젊은 사업가다.

　아들한테는 오래 전부터 우리 가족 모두가 알만한 특별한 인연을 가진 지인 세 사람이 있다. 세 사람 모두 순수한 모습이 닮기도 했거니와 성품도 거의 비슷한 것 같았다. 서로를 존중하고 믿음과 신뢰가 감히 짐작할 수 없을 만큼 돈독함이 깊은 사이였다.

　아들의 선배는 인격과 신뢰를 바탕으로 정의를 위해 일하며 많은 사람들에게 존경받는 분이지만 그의 외모는 언제나 겸손이 배인 웃는 모습이었다.

　고향에서 나의 장편 소설『좋은 날의 일기』와 아들이 언론계에 일하면서 틈틈이 쓴『고헌 박상진 의사의 발자취를 따라서』의 책을 같이 '모자 출판기념회'를 할 때 그들은 바쁜 일 미루어두고 고향까지 와서 많은 축하객들에게 자신들의 세 지인을 '인생의 동반자'며 뿌리 깊은 우정을 자랑하듯이 경쾌한 내빈인사를 해주었을 때 난 아들 곁에 그들이 있음을 감사하게 생각했다.

가끔 형 아우 하면서 전화하는 아들의 목소리는 참으로 사랑과 진실이 담긴 행복한 모습이었다. 나는 그들에게서 삼국지에 나오는 유비, 관우, 장비를 보는 것 같은 생각을 하며 짧은 세상 살면서 참다운 벗을 만난다는 것은 큰 보배를 얻듯이 성공한 인생이라고 생각했다. 아들의 밝은 모습이 영원하기를 빈다.

후배의 집은 새로 지은 아파트였는데 정갈하고 고풍스런 인테리어로 꾸며진 것 같다. 넓은 베란다에는 주인의 부지런함을 말해 주듯 꽃나무들이 햇볕을 받아 반짝거리며 반갑다고 인사한다.

안방은 복잡한 내 방과 다르게 어딘가 품위 있고 깔끔한 주인을 닮은 듯했다.

화이트로 꾸며진 침대 옆 문갑 위에는 옛날 흑백사진이 들어 있는 작은 액자 세 개가 가지런히 놓여 있었다. 물어보지 않아도 시아버지, 시어머니, 그리고 몇 해 전에 사별한 남편 사진임을 알 수 있었다.

내심 놀랐다.

참으로 요즈음 보기 드문 모습이었다.

나보다 몇 살 아래인 그녀는 큰 키에 단아한 미모와 세련미를 갖춘 조용한 모습에서 큰 사업가의 안사람의 또 다른 깊은 마음을 읽을 수 있었으며 아들의 활기찬 에너지의 원동력이 되었을 것 같다.

어느 날부터 벽에서 조상들 사진이 사라졌다. 사라진 조상들 사진 자리에 아이들 사진이 붙어 있다.

내 안방에도 아이들 키우고 성장할 때까지만 해도 아니, 울산 오기 전까지만 해도 벽 한가운데 나란히 있던 시아버지와 시어머니 사진이 몇 번의 이사를 하면서 앨범 속으로 들어가고 그 자리에 가족사진과 아이들 사진이 걸려 있다.

　손자손녀들에게 할 수만 있다면 적어도 3~4대까지 만이라도 걸어두고 너희들이 이 세상에 오기까지의 훌륭하셨던 조상님들이라고 자신의 뿌리를 가르쳐주고 싶다. 집집마다 수호신처럼 안방에서 자손들을 우직한 모습으로 지켜주던 조상들의 사진은 흑백사진처럼 그렇게 사라졌다.

　뿌리는 없고 잎과 열매만 있는 화려한 조화처럼 21세기의 안방은 그렇게 변하는 것만 같다.

물기 서린 담배연기

　이사 온 지가 벌써 다섯 달째 접어든다. 하지만 집집마다 늘 묵직한 철문이 닫혀 있고 나 역시 바쁘다 보니 이웃에 누가 사는지 한 번도 알아본 적이 없다. 가끔 늦은 퇴근길 복도에서 2층집 할머니를 만났지만 한 번도 말을 주고받지 못했다. 곱게 주름진 할머니는 거의 구순 정도로 보이는데 아래층에서 인기척이 나면 집으로 들어가셔서 아직 인사도 못 드렸다.

　할머니가 집으로 들어가신 뒤에는 복도 전체가 담배연기와 냄새로 꽉 차 있다. 식당이나 공중화장실에서 당당하게 피우던 담배가 이젠 모두 금연 장소로 정해져 흡연자들은 마땅히 갈 곳이 없지만 비흡연자들한테는 다행스럽게 생각된다.

　공직생활을 하면서도 직장 대표선수였던 남편은 운동을 마치면 늘 술을 마시고 담배는 줄담배였다. 더욱이 집으로 선후배를 데리고 와 거실에서 담배를 피우면 집은 그야말로 너구리 소굴이었다.

　결혼한 날부터 계속되는 남편의 담배는 여간한 고통이 아니었으며 새로 바른 벽지는 늘 누렇게 담배연기로 찌들어 있고 매일 닦는 소파는 검은 색에 가까운 누런 니코진이 걸레에 까마게 묻어 나오기도 했었다. 나는 담배꽁초가 담긴 재떨이가 장롱 밑에 있어도 잠을 잘 수가 없어 자다가도 일어나 기어코 찾아내서 버려야만 잠을 잘 수가 있었다.

자랄 때부터 지금까지 친정아버지는 담배는 물론 술도 전혀 안 드셨다. 주위의 친척이나 공직생활을 하시던 외삼촌까지 담배를 피우는 모습을 거의 보지 못했다. 남동생들도 담배를 배우지 않았다. 어릴 때 가끔 외가를 가면 사랑채에서 외할아버지가 긴 담뱃대에 담배를 담아 피우시고 놋재떨이에 땅땅 치면서 담뱃재를 떠시던 모습이 떠오른다.

요즈음 젊은이들이 집에서 쫓겨(?)나와 베란다나 추운 날 공원까지 나와서도 악착스레 담배를 피우는 골초들이 초라해 보이기까지 하고 저렇게까지 피워야 하는 그 맛이 무언지 이해가 안 간다. 더욱이 길가다 앞사람이 내뿜는 담배연기는 그대로 내 폐 속으로 직결하는 것 같아서 짜증스럽기도 하다. 하지만 깊은 밤 아랫집 구순의 할머니가 뿜어낸 담배연기는 왜 그런지 이른 새벽 옛날 외갓집 앞 도랑에서 피어오르는 물안개처럼 연기 방울마다 물기에 젖어 있다.

이 시간까지 무슨 생각에 잠겨 잠 못 이루시고 저토록 외로움을 담배연기로 뿜어내는지. 그 옛날 젊은 시절 누군가를 위하여 일손 놓지 못하고 동지섣달 긴 밤을 지새우던 저 작고 귀하고 소중했던 누군가의 어머니! 이젠 아껴볼 것도 없는 육체라고 포기해 버리신 건 아닌지.

문 앞에 있는 작은 손수레 안에 가득 담긴 빈 술병은 입을 벌린 채 신문지를 덥고 누워 있다.

한밤중에 할머니가 뿜어낸 담배연기와 손수레 안에 가득 담긴 빈 술병들은 내 머릿속에서 많은 영상들을 제멋대로 그려지게 했다.

모든 집들은 사람이 살지 않는 것처럼 문이 꽉 잠겨 있는데 할머니 집은 언제나 열려 있었다. 열려 있는 문안으로 성모마리아상이 보였는데 낮은 장롱 위에서 할머니를 보호해 주는 듯 평온한 모습으로 내려다보고 있었다. 할머니는 등 굽은 왜소한 몸으로 온종일 창밖으로 골목을 내다보거나 지나가는 사람들에게 눈길을 붙여 따라 가셨다. 분명 누군가를 기다리는 듯 보였다.

구순이 넘도록 바쁘게 살아 오셨을 저 작은 육체의 잔여 세월은 얼마나 남았을까. 이제 석양 같은 짧은 시간을 불로초를 드셔도 안타까울 삶을 저토록 물기 젖은 담배로 외로움을 달래며 바삐 흐르는 세월마저 독촉하는 할머니의 모습은 오늘의 핵가족시대의 단면일 것이다.

어느 시골집에서 때로는 어느 도시 작은 아파트에서 독거노인들의 사체가 한 달 만에, 아니면 그 이후에 발견되었다고 심심찮게 뉴스에 보도된다.

요즈음 같은 핵가족시대에 자식들 모두 제 길 찾아가고 남은 부부가 아무리 금슬이 좋고 건강해도 언젠가는 그 길만큼은 앞서거니 뒤서거니 떠나고 누군가는 혼자 남을 것이다. 모든 신체 기능은 떨어지고 서럽고 외로운 상처는 더 깊어질 것이다

마지막 숨을 거둘 때까지 지난날들의 그리움에 얼마나 많은 눈물을 흘렸겠는가. 살아온 세월이 있는데 가을날 가로수 가지 치듯 모든 인연 뚝뚝 떨어지고 마지막 가는 길마저 누구의 배웅도 없이 떠나는 그 외로운 영혼들.

핵가족시대에 부모님을 따로 모시면서 아침저녁으로 문안 전화 드리는 것은 "죽었니? 살았니?" 하는 현대화 고려장 시대와 다를 바가 없다던 TV에 어느 강사의 말이 생각난다. 하지만 그것이 어떻게 자식들만의 문제겠는가. 시대의 흐름에서 오는 현상인 것을.

모두가 바쁜 시대에 어떻게 해야 참다운 효도를 잘하며 노인들의 마지막 생까지 외롭지 않게 할 수 있을지…… 할머니가 뿜어낸 담배 연기가 내 가슴으로 들어올 때마다 가슴 밑에서 싸한 아픔이 올라오는 것은 왜서인가…….

내일은 카네이션 한 다발 사다 드려야겠다.

팔짱을 껴본 후에

직원이 교육받는 기간에 큰 남동생이 사위를 보게 되었다.

내 사정으로는 도저히 빠져나갈 상황이 못 되지만 동생의 개혼에 누나가 빠질 수도 없던 어려운 처지였었다.

어쩔 수 없이 가게를 옆 매장 직원에게 부탁하고 갔다. 오랫동안 만나지 못했던 보고 싶은 친척들을 만나는 눈물겹도록 반가웠던 시간이었다. 하지만 개인 장사가 아닌 대형 매장이니 비워 놓을 수 없는 형편이니 예식 끝나고 서둘러 돌아와야 했다.

아쉬워하는 이모들과 외삼촌, 그리고 작은아버지들께 너무 미안했다. 돌아오는 차 안에서 막내이모가 하던 말이 머릿속에서 계속 떠나지를 않았다.

"내가 몸이 안 좋아서 못 올 걸. 여기 오면 너를 만날 것 같아서 왔는데 얘기도 못 나눠 보고 가느냐."

"나도 이모들이 너무 보고 싶었지만 오늘은 어쩔 수가 없어요. 며칠 후 시간 만들어 이모들 만나러 꼭 갈게요. 죄송해요. 이모."

"글쎄다……. 다시 만날 수 있을지 모르겠구나."

"에이, 이모답지 않게 무슨 말씀을 그렇게 해요."

다음날 아침 일찍 이모 댁에 전화를 걸었다. 여전히 막내이모의 특유한 밝은 음성이 들렸다. 죄송하다는 말과 며칠 후 꼭 만나러 가겠다고 했는데 눈앞의 일에 매달려 차일피일 미루다가 결국 이모님 돌아가셨다는 소식을 듣고 말았다.

아무리 후회하고 아쉬워한들 돌이킬 수 없는 잃어버린 시간은 다시 돌아오지 않는다. 죄송한 마음 무슨 말로 할 수 있을까.

늘 후회하며 사는 게 인생이라지만 이렇게 한 치 앞을 못 보고 사는 자신의 우둔함을 새삼 느끼며 한동안 마음이 아팠다.

어버이날 며느리가 예약해둔 레스토랑에서 아들과 며느리 셋이서 맛난 점심을 먹는데 불현듯 고향에 계시는 아버지 생각이 났다.

"92세인 우리 아버지는 지금도 건강하게 자전거를 타고 시내를 다니신다."고 자랑은 하면서도 정작 아버지의 마음은 헤아리지 못했다.

어머니 돌아가시고 20여 년이 가깝도록 남동생 내외가 극진히 모셨기에 아직 큰 병으로 입원하신 적도 없으셨다. 그래서 92세인 우리 아버지가 노인이라는 걸 깨닫지 못한 건 아닌지. 가끔 아버지계시는 고향엘 가지만 평생 딸자식에게 살갑게 대해주지 않던 아버지께 맛난 것과 용돈 드리는 것으로 자식 도리를 다한 양 친구들과 어울리다 돌아왔던 것이다. 남아선호의 시대적인 아버지께 딸로 태어났음을 서운해 하며 늘 구두쇠로만 치부해 왔었다.

철들면서 90평생을 누구에게도 흐트러진 모습을 보이지 않으셨기에 언제나 당당하셨던 아버지를 존경하면서도 남아선호 시대의 끝없는 물질적 지원을 받는 남동생들을 부럽다기보다 아들로 태어났기에 당연한 것으로만 알면서도 서운함도 많았다. 이제 나 역시 60살을 넘은 지 이미 오래다 보니 병원을 자주 가면서 아버지께 했던 말들이 사무치도록 후회스럽고 죄송하다.

"당료 있으세요?"

"혈압 높으세요?"

"특정한 약 드시는 거 있으세요?"

의사의 묻는 말에 나는 모두가 아니다, 없다는 말만 했을 때 아버지의 딸로 태어난 걸 큰 행운으로 생각했다.

딸에게 무심하셨던 아버지의 사랑받고 싶었던 마음에 철없이 했던 말들이 어쩌면 아버지께 상처가 되었을 수도 있다고 생각하니 너무 죄송하다. 시간을 놓치고 후회하기 전에 이제라도 아버지의 따뜻한 딸이 되어야겠다는 생각이 절실했다. 버스가 고향 가까이 갔을 때 아버지께 전화를 드렸다.

"아버지, 세수하시고 예쁘게 옷 갈아입으시고 밑에 내려와 계세요."

"응 그래, 어미라. 왜 이렇게 늦었노. 그래 알았다."

전화기에서 들려오는 아버지의 목소리는 처음 느끼는 반가움과 설렘에 들떠 있는 모습이 외로움으로 느껴졌다.

무릎 아프다는 핑계로 4층까지 올라가지 않으려고 92세의 아버지를 내려오시라고 했다.

"아버지, 점심 아직 안 드셨지요? 우리 맛난 점심 먹으러 가요."

처음으로 아버지 팔짱을 꼈다. 갑자기 가슴이 먹먹해져 왔다. 그토록 당당하시던 아버지의 팔이 지금은 아니었다.

아~ 우리 아버지, 92세셨구나! 아버지의 팔짱을 껴본 후에야 아버지 연세가 느껴졌다. 그동안 무심했던 자신의 자책에 눈물이 솟구쳤다.

아버지의 윤기 나는 백발이 긴 것 같아 이발관으로 모시고 갔다. 머리를 깎은 아버지는 한결 산뜻했다.

"아유~ 우리 아버지 새신랑 같으시네!"

늙은 딸의 애교에 아버지의 얼굴엔 아무 미동도 없으셨다. 평생 우리 오남매의 지주며 울타리였던 아버지께 이제는 우리 오남매가 따뜻한 울타리가 되어 드려야 할 텐데……

아버지 손을 잡고 질기지 않은 장어 집으로 가서 점심을 먹는데, "이 게 일인분에 얼마냐?" 물으셨다.

아직도 아버지의 돈에 대한 집착은 무엇일까? 몇 차례나 물으셨던 말을 다시 반복하실 때마다 가슴이 아프다

어쩌면 머지않은 이별을 예고하시는 건 아닌지. 다시 아버지 손을 잡고 택시를 타고 외가로 갔다. 세월에 장사 없다고 늘 청춘 같으시던 외삼촌도 옛날 외삼촌이 아니었다. 몇 시간을 외가 식구들과 얘기하는 동안 아버지는 한 마디도 않으셨다. 그러고 보니 어머니 돌아가신 이후 아버지의 웃음을 본 적이 없는 것 같다.

막을 수 없는 세월의 흐름 앞에 굴복하지 않을 자 있을까마는 지금이라도 아버지 계시는 걸 고맙게 생각하고 훌륭하셨던 아버지 생의 마지막 마무리를 즐겁고 행복하게 해드리고 싶다.

일 년에 한두 번 고향 가던 걸. 한 달에 한번은 꼭 가야겠다고 다짐해 보지만 또다시 현실의 핑계가 마음을 무겁게 하려 한다. 늦게라도 딸 노릇하도록 깨닫게 해주신 막내이모의 영혼께 감사드리며 좋은 세상에서 편히 쉬시라고 명복을 비는데 코끝이 매워 온다.

살림 밑천 맏딸

어둠이 내리면서 빗방울까지 하나둘 떨어지는데 버스정거장 모니터에서는 내가 타고 갈 버스가 방금 출발해 버린 상태다. 할 수 없이 택시가 줄지어 있는 약국 앞으로 갔다.

약국 앞에는 모두 비슷비슷한 연세의 어머니들이 몇 가지 안 되는 푸성귀를 놓고 다급한 모습으로 지나는 행인들을 쳐다보는 모습이 날씨를 더욱 을씨년스럽게 했다

나는 굵은 도라지 몇 뿌리를 놓고 있는 할머니한테서 도라지와 버섯을 사들고 택시를 탔다.

그런데 운전기사분이 앞 거울로 나를 계속 본다는 생각을 하는데 거울 속에서 눈이 마주치자 기사분이 말을 붙였다.

"뭘 사셨어요?"

"예~ 도라지가 굵고 좋아 보여서 도라지하고 버섯을 샀어요. 해도 지고 빗방울도 떨어지는 것 같은데 저 어르신들은 언제 집에 가시려고 저러고 계시는지……."

나는 걱정 섞인 혼잣말을 했다

"방금 아주머니가 도라지를 사셨던 그 노인네가 우리 큰누님입니다."

순간 재래시장에서는 덤으로 더 달라고 조르기도 하던 나는 급하게 오느라고 주는 대로 가져왔던 게 다행이었다고 생각했다

그 기사는 연세가 80이 넘은 큰누님이 해가 지도록 거리에 앉아서 저러고 있는 게 마음이 아팠는지 묻지도 않는 이야기를 했다.

8남매의 맏누님은 많은 동생들에게 부모 이상의 존재였다고 했다.

5살 때부터 누님의 등은 동생들에게서 벗어날 수가 없었고 들농사에 바쁜 부모님 대신 집안 살림까지 하면서도 많은 동생들 때문에 공부도 제대로 못했다고 했다.

결혼도 밑으로 두 동생들 결혼시킨 후에 늦은 결혼을 해서 4남매를 두었고 지금은 모두 서울과 창원에서 직장생활을 한다고 했다. 매형이 작년에 돌아가시고 자식들이 아무리 서울로 모시고 가려고 해도 누님은 극구 싫다며 이제는 편히 살아도 되는데 저러고 산다고 걱정을 했다. 누님의 집은 2Km 이상을 가야 하는데 아무리 동생이 데려다 준다고 해도 폐가 될까 싶어서인지 작은 유모차를 밀면서 한사코 어두운 길을 걸어 가신다고 했다. 늘 혼자 외롭게 사시는 누님이 안쓰럽다는 생각은 하면서도 사는데 바빠 누님한테 한 번도 따뜻하게 말 한마디 못했다는 기사의 목소리는 촉촉이 젖어 있었다.

"어르신이 가져온 물건을 몽땅 팔아야 얼마 되지는 않겠지만 그래도 먼 길 걸어와서 셈을 해서 팔고 많은 사람도 만나고 하면 치매예방도 된다고 하잖아요. 다시 유모차를 밀며 오신 길을 되돌아가기엔 무리는 되겠지만 운동이 되어 잠도 잘 오지 않겠느냐."고 말하는 내 머릿속으로 늦은 밤 유모차를 밀며 가시는 할머니의 모습이 들어왔다

"이렇게 든든한 동생이 늘 누님을 지켜보고 있다는 게 부럽기도 하네요."라고 말하면서 가슴에서 찡한 여운이 밀려왔다

"오늘은 빗방울도 떨어지고 해서 누님이 아무리 고집을 부려도 집까지 모셔다 드려야겠습니다."

"잘 생각 하셨네요. 모처럼 누님과 함께 옛날얘기도 하시고……"

맏딸은 살림밑천이라는 말이 그래서 생긴 건 아닌가 하는 생각도 했다. 아들 권위주의적인 옛날 어른들은 모든 것을 아들 기준으로 살아오신 것도 사실이다.

남의 집에 보낼 딸이니 공부도 많이 시킬 필요도 없이 농사에 바쁜 부모님을 대신해 7,8남매 동생들을 씻기고 먹이고 키우면서 살림까지 맡아서 해야 했으니 맏딸은 고달팠던 것이다. 내리사랑은 있어도 치사랑은 없다고 동생들은 제아무리 성공을 해도 생리적으로 위를 올려다볼 줄 모른다는 말이 맞다.

어렸을 때 우리 건물 가게에서 약국을 하시던 약사님도 사남매의 맏따님이었는데 본인 노력도 있었지만 넉넉지 않은 부모님들이 힘들게 공부를 시켜주신 덕에 약사가 되고 나서 동생들 공부며 결혼까지 뒷받침을 해주었다고 들었다. 그러나 동생들은 누나의 고마움을 모르는 것 같다고 했다.

생활환경이 주어진 여건은 어쩔 수 없겠지만 늘 동생들과 부모님을 가슴에 담고 살아가는 것 또한 맏이의 남모르는 사랑의 몫이다. 그래서 맏이는 하늘이 점지해 준다는 말이 생겼는지도 모르겠다.

14살, 겨울방학 때였다.

부모님은 장사를 하시느라 따로 계실 때 정월 보름 전날이었는데 어머니가 찰밥을 한번 해보라고 약국으로 전화가 왔다. 우는 막냇동생을 업고 달래가며 어머니한테 전화로 배워가며 연탄불에 오곡밥을 지었던 일이 생각난다. 어떻게 된 것이 어머니가 시키는 대로 했는데도 타는 냄새가 나는데 위에는 생쌀이어서 애타하던 일과 둥근상을 펴놓고 동생들과 늦도록 공부를 하다가 동생들이 간식으로 달고나를(당시 학교 앞에서 국자에 설탕을 녹여서 소다를 조금 넣고 식혀 팔았다) 해달라고 했다. 별 간식거리가 없을 때였기에 국자에 설탕을 넣고 연탄불에 녹여서 끓을 때 소다를 조금 넣으면 아주 맛있는 설탕 과자가 되는데 거의 완성되어갈 때 초등학교 다니던 큰 남동생이 부엌으로 와서 자기도 해 보겠다며 국자를 당기는 바람에 공중으로 튀어 오른 설탕 녹은 것을 동생이 잡으려고 손바닥을 내밀었다. 순간 나도 모르게 동생 손바닥에 내 손을 얹어 버렸다. 그리고는 동생 손이 무사하다는 걸 확인하는 동시에 온 몸으로 느껴지는 통증은 머리에서 발끝까지 부르르 떨리도록 괴로움을 주었고 오랫동안 뼛속까지 아리고 아픈, 이루 말할 수 없는 고통을 겪었다.

그 통증은 지금도 느껴지는 괴로웠던 통증이었으며 그때 덴 자국은 50년도 넘은 지금까지 오른쪽 손바닥에 남아 있기도 하고 그때 동생 손만 치웠으면 되었을 텐데 그 생각을 못한 내가 참 어리석었다는 생각도 오래도록 했다. 하지만 동생들과 좁은 단칸방에서 뒹굴며 어울려 살던 때가 모두 그리운 추억이다.

맏이로 태어나 많은 동생들 보살피는 일이 때로는 짜증도 나고 늘 동생 하나는 책임저야 하기에 맘대로 친구들과 어울려 놀 수도 없고 속상했던 적도 많고 힘도 들었지만 동생들을 향한 애틋한 사랑도 깊었다.

맏이는 일찍 철이 드는지 나이도 어렸으면서 나이 차이도 별로 나지 않는 동생들이 학교에 입학할 때가 되면 한글을 가르치고 내 공부보다 동생들 공부에 더 안달을 했던 기억도 있다. 온종일 흙에서 놀던 동생들을 차례로 깨끗이 씻겨 한 이불 밑에 나란히 눕혀 놓고 엄마한테 들었던 옛날이야기를 해주면 어느새 모두 쌔근쌔근 잠들이 들어 있었다. 자고 있는 동생들 이불을 다독이며 들여다보면 그렇게 사랑스럽고 예쁠 수가 없었다.

요즘은 모두가 휴대폰에 달려 있는 카메라를 들고 다니지만 사진기가 귀했던 그 시절, 나는 작은 용돈이라도 생기면 동생들을 사진관으로 데리고 가서 함께 사진 찍기를 좋아했다.

지금 생각해 봐도 그건 동생들에 대한 사랑이었던 것 같다. 어쩌다 동생들이 상이라도 타 오는 날엔 부모님 이상으로 좋아했던 일들과 동생들에게 안 좋은 일이 있을 땐 몇 날 며칠을 괴로워했던 기억도 잊을 수 없다

이제 모두 중년이 넘은 지금 내 그림자엔 황혼의 그늘이 드리워진 것 같은데 멀리 흩어져 있는 동생들이 보고 싶을 때가 많다.

동생들도 바쁜 생활을 하면서 가끔은 누나가 보고 싶을 때가 있을지,

자주 만날 수는 없어도 늘 건강하길 바라며 하는 일 바쁘지만 가끔은 만나서 옛날 얘기하며 살았으면 하는 바람이 가슴으로 스며든다.

생강차 한잔의 감동

설날을 며칠 앞두고 잔뜩 찌푸린 날씨에 함박눈을 맞으며 버스터미널로 갔다. 그리고 울산행 고속버스를 탔다.

날씨와 다르게 버스 안은 선물 꾸러미를 든 행복한 모습들이 가득했지만 나 혼자만 이방인처럼 느껴졌다.

남편 떠난 지 한 달 만에 처음 맞는 설날 아침 차례 상을 보기 위해 아이들이 있는 울산으로 가는 길이었다. 남편의 제사를 내 사는 날까지는 내가 모시려고 제기 세트와 제상, 그릇들을 모두 새로 장만했었는데 아이들이 언제 온다는 전화를 받은 후 이것저것 아이들 좋아하는 음식들을 종이에 적어가며 준비하다가 불현듯 나는 안절부절못했다.

친정어머니가 교통사고로 돌아가신 후 차에 대한 무서움과 강박감은 거의 정신착란증 같은 공포를 일으켰다. 울산에서 충주까지는 거의 여섯 시간이 걸리는 먼 거리다. 어린 손자들과 삼남매가 모두 승용차를 타고 얼어붙은 먼 길 올 것이라 생각만 해도 몸서리가 쳐졌다. 며칠을 악몽에 시달리다가 며느리와 아들에게 전화를 했다.

"나만 내려가면 되는 것이니 그 먼 길을 아이들 데리고 오지 말라."고 했다. 아이들도 모두 어머니만 괜찮으시다면 그게 좋을 것 같다고 해서 그동안 장만했던 제기와 제상 돗자리를 모두 아들집으로 보내고 설날을 며칠 앞두고 울산으로 가는 길이다.

그동안 바깥출입을 거의 안 했던 탓인지 차창 밖으로 보이는 눈빛조차 눈부셨다. 스팀이 들어오는 따뜻한 버스 안이었지만 꽁꽁 얼어붙은 마음에 며칠째 앓던 감기마저 나를 더욱 춥고 외롭게 했다.

내 좌석은 버스기사 바로 뒤였다. 감기 탓으로 자리에 앉자마자 기침이 나왔다. 옆 사람 눈치를 봐가며 책을 꺼냈는데 버스가 출발하고 얼마쯤 가면서부터 기침은 참을 수 없이 더욱 심하게 나왔다. 조용한 버스 속에서 콜록거리는 기침소리는 버스 안을 소란스럽게 하는 것 같아서 여간 민망스럽지 않았다.

손수건으로 입을 막고 머리를 의자 밑으로 숙이며 기침을 했지만 여전히 내 기침소리는 조용한 버스 안을 온통 흔들어댔다. 하필 버스 기사 바로 뒤에 앉아 그렇게 기침을 해서 금방이라도 버스 기사가 시끄러워서 운전을 못하겠다고 할 것 같아 불안하기까지 했다.

뒤로 가서 앉으려고 살며시 자리에서 일어나서 뒤를 돌아봤다. 모든 승객들이 요란하게 기침하는 주인공을 확인이라도 하듯이 쳐다보고 있었다. 뒷자리엔 바닥에까지 승객들로 꽉 차 있어서 더 복잡했다.

다시 자리에 앉으니 기침이 또 시작되었다. 감당할 수 없는 기침 때문에 버스에서 내리고 싶을 지경이었는데 마침 버스는 휴게소에 잠시 정차를 했다.

하늘에서는 여전히 함박눈이 내리고 있었다.

뜨거운 국물이라도 먹으면 좀 나을 것 같아서 우동을 시켜먹고 커피를 한잔 뽑아들고 버스 앞으로 왔는데 버스 앞에서 머리 위에 하얀 눈을 이고 운전 기사분이 기다리고 있는 것이었다.

내가 화장실 갔다가 우동을 먹고 하는 동안 시간이 많이 지난 것 같았다. 너무 죄송해서 버스에 얼른 올라타려는데 기사 아저씨가 나에게 종이컵을 주면서 "왜 이렇게 늦으셨어요. 이거라도 드셔보세요." 하면서 종이컵을 내밀었다.

종이컵의 따끈함이 손으로 느껴지면서 생강차의 향긋한 냄새가 코끝을 맴돌았다.

순간 울컥하는 감동이 일어나고 목이 메어 머리만 약간 숙였을 뿐 고맙다는 말조차 할 수가 없었다. 지금 생각해 보면 운전기사 아저씨의 생강차 한잔! 그 작은 친절에 왜 그렇게 감동을 하고 목이 메고 눈물까지 나왔는지!

지난 몇 달 동안 누구에게도 따뜻한 보리차 한잔 받아본 적이 없던 때문인지 몸도 마음도 옹색하고 얼었던 탓이었을까. 외롭다는 말은 사치스런 말인 줄만 알고 살았는데 당시 나는 이 세상에 나 혼자라는 생각을 수없이 하던 때였기에 기사 뒷좌석에서 움츠리고 눈물을 삼키며 생강차를 마시는 내 모습이 그렇게 작고 서럽게 느껴질 수가 없었다.

그리고 그 후로 아들집까지 가는 동안 신기하게 기침을 한 번도 하지 않았다. 아이들에게 버스에서 있었던 일을 얘기를 했더니,

"어머니, 그런 일이 있으셨으면 어느 회사 누구신지 알아 오셨으면 저라도 고맙다고 회사에 전화 드리면 좋았을 텐데요." 했을 때 "그렇구나!" 하고 그제야 울산까지 도착해서도 죄송하고 고맙다는 말 한 마디 못하고 얼굴도 이름도 아무것도 모르는 내가 참으로 염치없고 바보스럽다는 생각을 했다.

지금도 가끔 그 생강차 한잔에 그토록 감동하고 목멨을까 하는 생각을 할 때도 있지만 그때의 내 마음은 아직도 이해가 되고 고마움도 그대로 남아 있다. 비록 이름도 얼굴도 모르지만 고향 가는 고속버스를 탈 때마다 그때의 일이 생각나며, 생각날 때마다 "고마웠습니다. 복 받으세요" 하고 복을 빌어준다.

평소에도 자주 마시던 생강차지만 그때 그 버스기사에게 받은 따뜻한

말 한 마디와 생강차 한잔은 그 어떤 고급 레스토랑에서 마시는 차와
도 비교할 수 없을 만큼 향기로웠고 내 맘속에 따뜻한 감동으로 남아
잊히지 않는다.

자신도 모르게 생각 없이 하는 작은 행동이나 말이 상대방에게 깊은
감동과 기쁨을 주기도 하고 때로는 씻을 수 없는 상처를 주기도 한다고
했던가.

지금쯤 그 기사 아저씨는 그런 일이 있었는지조차도 기억에 없겠지만
내 마음이 진심이니 늘 좋은 일만 있으시라고 기도한다.

터미널의 질주

여동생이 사위를 본다고 해서 아침 일찍 딸아이가 예약해준 KTX 기차를 타고 서울까지 가서 다시 버스를 타고 택시를 갈아타며 어렵게 갔다. 하지만 결혼식은 단 30분도 안 걸렸다. 그래도 이런 행사가 있을 때는 친인척들을 만나는 기쁨으로 피곤함도 없이 즐거운 마음으로 갔다.

귀여운 질녀 신랑은 한국에 파견 나온 미국인 젊은 장교였는데 생소할 줄 알았던 외국인이 질녀와 너무 예쁘게 잘 어울렸다. 점심을 먹고 동생들을 만나서 많은 얘기도 나누고 나는 곧바로 터미널로 왔다. 나름대로 일찍 온다고 왔는데 울산까지 가는 버스는 매진된 지 한참 오래였다.

딸아이가 왕복 예매한다고 할 때, 올 때는 어떻게 될지 몰라서 가는 것만 예매하라고 했던 걸 그때서야 후회했지만 어쩔 수 없는 일이었다.

그때 사촌 언니한테서 전화가 왔다.

언니 집에서 하룻밤 자고 내일 가라는 애정 담긴 말에 내일까지 휴무인데 어떡할까 하고 잠시 망설였지만 다시 언니네 집까지 가기보다는 피곤하기도 하여 그냥 집으로 가고 싶었다.

하지만 집으로 가는 일이 아주 난감한 상황이었지만 정 많은 언니가 걱정할까 봐 울산 가는 차가 있다고 하고는 차표도 못 산 채 혹시 누가

취소라도 하는 사람이 있을까 싶어 버스 앞에 나와 같은 처지의 사람들 사이에 줄 서 있었다.

하지만 버스 몇 대가 가도록 그런 행운은 오지 않았다.

대구까지 만이라도 갈 수 있으면 거기서 택시 타고 가면 될 텐데 나는 이리저리 방법을 찾으며 왔다 갔다 하면서 애를 태우다 그때 발차시간 대기 중이던 기사 아저씨 몇 분이 초조해 하는 나에게 말을 붙였다.

"어디까지 가시는데요?"

"울산 가는데 대구 가는 버스라도 탈까 싶어서 입석을 샀어요."

"그럼 대구서 터미널 가까운 찜질방 같은 데서 주무시고 새벽에 울산으로 가시면 되겠네요."

하지만 나는 천생이 잠자리를 바꿔서는 못 자는 사람이다. 어쩌다 아이들하고 찜질방에라도 가면 한 밤중에라도 집엘 와야 했다. 그래도 대구까지만 가면 울산까지는 택시라도 타면 될 텐데 하면서 버스 앞에서 기다렸다. 기사 아저씨들도 모두 각각 자기 버스로 가고 혼자 애가 타서 해지는 터미널에서 초조하게 안절부절못하고 있을 때 웬 아저씨가 부리나케 오더니,

"아주머니, 저기 울산 가는 버스가 있는데 지금 출발하려고 하니 빨리 가봅시다." 하며 내 손을 잡고 뛰기 시작을 했다. 나는 멍청하게 정신없이 낯선 남자 손에 잡혀 무조건 뛰었다. 이쪽에서 저쪽까지는 못 돼도 500m는 족히 될 것 같았다. 나는 도저히 숨이 차서 못 따라 갔다. 그러자 그 기사는 내 백을 달라고 하더니 내 백만 쥐고 나를 두고 혼자서 달리기 시작했다. 나 역시 그 뒤를 죽기 살기로 뛰면서 처음 보는 아저씨가 내 백을 들고 혼자 뛰어가는 모습과 그 뒤를 따라가는 내 모습이 시급한 그 상황에 속으로 웃음이 나오는 걸. 참아가며 뛰느라고 더 힘들었다. 버스 출발지점까지 가슴을 쥐고 와서 보이지 않는 아저씨를 찾았

다.

그 아저씨가 나를 먼저 보고 백을 주면서 얼른 올라타라며 대구까지 끊은 차표를 달라더니 자기 주머니에서 돈을 꺼내 주면서 이건 내가 반환하겠다고 해서 안 받겠다고 하는데 그 아저씨는 버스 안으로 돈을 던지고 버스는 바로 출발했다.

나는 버스 바닥에 앉아 한참 숨을 고르면서 머리가 멍해진 정신을 가다듬었다. 순식간에 일어난 일에 뭐가 뭔지 한참 생각한 후에 나중에 인사라도 해야 할 것 같아서 내가 탄 버스 기사한테 지금 그분을 아시냐고 물었더니 모른다고 했다. 어떻게 알 수 있는 방법이라도 없느냐고 물었지만 자기 회사 직원도 너무 많아서 다 모르는데 그건 불가능하다고 했다.

그렇게 해서 새벽녘에 집에 와서까지, 아니 지금까지 고마움을 잊을 수가 없다. 낯선 사람한테 어떻게 그렇게 해줄 수가 있었을지.

뉴스에서는 연신 무서운 세상이라고 날마다 겁을 주지만 그런 일보다는 그래도 착한 사람들이 훨씬 더 많고 아직까지는 살만한 세상인 것 같다는 생각이 든다.

낯선 길 위에서

출근길에 탄 버스가 막 학성교를 들어서는데 미역국을 데워 먹고 가스를 안 끄고 나온 게 생각났다. 그때부터 나의 머릿속은 온통 지옥 속에서 헤맸다

다음 정거장에서 내려야 하는데 도대체가 학성교 다리는 끝없이 멀었고 절박한 마음으로 택시를 타려니 택시조차 오지 않아 한참 만에 택시를 타고 기사 아저씨를 보채기 시작했다.

"아저씨, 제가 가스를 안 끄고 나왔어요."

이젠 기사 아저씨까지 안절부절못하며 불안해서 운전이 잘 안 된다고 했다. 신호등은 왜 그리 많고 신호등마다 걸리고 긴지, 나는 택시 안에서도 바로 앉지도 못하고 초조하게 앞좌석에 매달려 불안해하는 기사의 운전대와 신호등만 뚫어지라고 봤다.

멀리서 소방차가 앵앵거리는 소리가 들렸다. 나는 머리를 두 손으로 싸매고 온몸엔 진땀과 눈물까지 나왔다.

20분이 2시간처럼 길었다. 집 가까이 오니 코에 미역국 타는 냄새가 진동을 했다. 몇 번이나 번호 키를 잘못 누르다가 겨우 문을 열고 신을 신은 채 싱크대 앞으로 갔다. 순간 나는 싱크대를 잡고 바닥에 주저앉고 말았다.

그제야 미역국을 덜어서 전자렌즈에 데워 먹은 게 생각난 것이다. 냄

비는 싸늘하게 식어 있고 가스는 중간 밸브까지 얌전하게 잠겨 있고 아무 일 없이 조용했다.

그대로 앉아서 한참 숨을 고르며 감사와 허무함이 밀려오며 긴장이 풀린 탓인지 일어서려는데 기운이 없어 다시 주저앉았다.

벌써 치매 현상인가? 아직은 아니고 싶은데 벌써 몇 번째 이런 일을 겪다니, 이러다가 늦은 퇴근길에 집 가는 길조차 못 찾고 낯선 길에서 헤매는 일이 생기면 어쩌지⋯⋯.

여기서는 나를 알아봐 줄 사람도 없는데, 멍청한 몸을 일으켜서 다시 버스를 타고 가게로 가는데 계속 땀이 흘러 창을 열었다. 멀리 보이는 파란 하늘의 태양이 눈부셔 눈을 감았다.

은행잎 가로수 사이로 긴 머리 바람에 휘날리며 여인이 테니스 라켓을 싣고 한 대의 오토바이가 지나간다.

야쿠르트 아줌마도 다방 아가씨도 오토바이를 안타던 34년 전 그녀는 수예품 납품을 위해 오토바이와 승용차를 타고 다녔다.

여학교 교재를 납품하고 돌아오는 길엔 노란 은행잎 쌓인 부석사 길 달리다가 길옆 키다리 코스모스 속에 묻혀 금방이라도 고운 물방울이 떨어질 것 같은 시리도록 높고 푸른 하늘에서 원고지를 찾는다. 얼기설기 흐트러진 마음들을 간추려 원고지를 채워 가다 보면 한결 마음은 싱그러워진다.

오월이면 아카시아 향기를 따라 오토바이를 타고 테니스장으로 달려가 난타를 치며 푸른 허공으로 마음을 날려보기도 했다.

무엇이 행복인지, 무엇이 불행인지도 모르고 분주하게만 살았던 시절 그 아름답던 시절, 반백이 지난 지금 몸도 마음도 하나씩 낙엽을 닮아간다.

어느 날부터 모든 것에 자신이 없어지고 오늘이 희미해진다. 달그락 거리는 다리를 달래려 요가를 해보지만 늦었다고 여기저기에서 반기를 든다.

무릎을 끌어안고 기도한다.

"앞으로 남은 세월을 아이들 마음 쓰이는 일 없이 곱게 살다 가게 해 달라고……."

"아이스크림 할머니 안녕하세요?"

할머니! 매일 듣던 내 이름이 오늘따라 낯설다. 이미 오래 전부터 듣던 내 이름에 돌아보니 엘리베이터 안이었다.

나의 최고의 고객이 나를 현실로 데려왔다.

"아유~ 우리 친구 엄마 따라 장보러 왔구나."

낯선 울산에 처음 왔을 때 우울증에 시달리던 나에게 아들이 마련해 준 작은 아이스크림가게는 나의 기쁨조다.

불러주는 이 없고, 찾아주는 이 없는 낯선 곳에서 아침에 눈뜨면 갈 곳이 있고 할 일이 있다는 건 기쁨이며 살아 있는 사람의 특권이고 축복이다. 만약 일이 없었다면 난 온종일 침대에서 일어나지도 못했을 것이다.

그래서 정치인들은 선거철만 되면 '노인 일자리 만들기'라는 슬로건을 내세우며 열변을 하는 것 같다. 많은 만남 속에서 시가 나오고, 소설이 나오고 즐거움으로 세월을 잊어 본다.

망각한 세월 속에서 부러워했던 그녀는 내 안에서 나를 지키고 있을 거야.

구연동화를 듣기 위해 나를 기다려주는 유치원에서도 어린이집에서도 가게에서도 꽃보다 더 아름다운 희망의 요정들과 낯선 길 위에서 오늘을 보내는 나는 달콤한 아이스크림만큼 행복하다.

추억만 먹고 살기엔 아직 젊어

　지극히 유순한 부모 밑에서 오남매의 장녀로 태어났다. 어머니의 첫 사랑을 받으며 동생들 위에 군림하며 살다가 시어른들 중매로 이웃으로 스포츠맨인 공무원 남편 만나 친정과 시댁을 가까이 살다 보니 마음고생은 좀 했지만 경제적으로나 큰 아픔은 겪지 않고 살았으니 감사하다.

　하지만 내 인생 후반기에 들어서면서 남들이 평생 겪을 불운이 1,2년 동안 한꺼번에 돌풍처럼 나의 삶 전체를 흔들어 버렸다. 내가 받아들일 수 있는 그릇은 작은 종지인데 항아리보다 더 큰 액운이 내게 쏟아진 것이다.

　바로 건너 집에서 내 아이 삼남매 모두를 길러주시고 평생을 내게 버팀목이 되셨던 친정어머니의 교통사고로 나는 삶 자체를 놓아버렸고 남편 퇴직 후 마지막으로 손수 지어 마련했던 5층 건물과 재산은 IMF로 힘없이 무너지고, 연이은 남편의 사망은 끝없는 늪으로 나를 밀어 넣었다. 내 힘으로는 도저히 감당할 수 없는 시련과 쇼크로 순간적 실명에 초점 없는 방황과 외로움에 우울증으로 영혼은 날마다 죽음의 문턱을 드나들 때 아이들은 멍청해진 나를 울산으로 데려왔다.

　그리고 얼마 후 속 깊은 아들의 권유로 몇 개월 동안 세차장에서 일했던 적이 있다.

　오랜만에 고향 친구한테서 전화가 왔다.

"요즈음 어떻게 지내냐?"는 안부 전화다.

"응, 나 지금 세차장에서 일해."

"뭐! 세차장이라고 했냐?"

"그래~ 세차장."

"아유~ 제 차도 안 닦던 게 살다 별짓을 다하네!"

젊을 때 수예점과 레스토랑을 하면서 늘 바쁘게 살다 보니 단골 세차장에서 주기적으로 차를 가져가서 깨끗이 세차를 해서 갖다 주었었던 걸 친구가 상기시켜 주었다. 하지만 그건 이미 책장 넘어가듯 내 인생의 한 페이지를 장식했을 뿐이다.

당시 황혼에 접어든 실버 인생을 나는 즐겁게 보내고 있었다.

친정어머니와 IMF 그리고 남편, 모두가 내 곁을 떠났을 때 세상은 온통 슬픔으로 잠겼고 나의 삶은 뿌리째 흔들렸다. 그리고 텅 빈 고향이 싫었다.

고향에서 많은 아픔을 격고 아이들이 있는 울산에 처음 왔을 때 끝없는 사막을 홀로 걷듯이 외로움과 우울증을 겪으며 빈 아파트에서 감옥 같은 생활을 했다. 바쁜 아이들마저 온전하게 일을 못하도록 불안하게 했다. 나의 잘못된 생각으로 아이들까지 사회에 위축되는 일은 하면 안 된다고 스스로 마음을 다잡아 보지만 이미 내 것이 아닌 추억 속에서 흐르는 눈물은 마를 새가 없었다. 그러던 어느 날 아들이 일을 한번 해 보지 않겠냐고 했다. 내 나이에 무얼 하겠냐고 별 관심 없이 따라 갔더니 어느 주유소 안의 세차장이었다.

"어머니, 여기 소장님은 제가 존경하며 닮고 싶은 인생 선배입니다."

순간 아들이 어이없기도 하고 여기 서 있다는 것조차 초라하게 생각되었지만 아들 체면 생각해서 그 날은 그냥 돌아왔었다.

그 날 이후 나는 하루 종일을 방에서 꼼짝도 않고 때도 거르며 자식까지 나를 무시하는 것 같아 아들에게 대한 섭섭한 마음만 키웠었다.

옛날 불교대학에서 왕비로 뽑혀 화려한 분장을 하고 수많은 연꽃으로 장식된 차를 타고 시가행진하던 날들과 수예점 할 때 여학교 교재 납품으로 오토바이를 타고 긴 머리 휘날리며 코스모스 꽃길을 달리던 그날들 아침마다 테니스장에서 난타를 치러 다니던 영상으로 펼쳐졌다.

며칠 후 주유소 소장님한테서 전화가 왔다. 나는 망설이다가 어쩔 수 없이 부옇게 부은 얼굴로 세차장엘 갔다. 자상하신 소장님은 세차를 하고 있는 사모님과 젊은 애기엄마를 소개시켜 주었고 소장님 부인은 같이 잘해 보자며 나에게 걸레를 쥐어주었다.

사전에 아들이 나에 대한 얘기를 소장님과 사모님께 했었던 것 같았다. 그렇게 해서 세차장 직원이 되었는데, 몇 주일 후 아들이 가족들 모두를 불러 식당에서 점심을 먹는데 교편생활을 하는 딸과 공직생활을 하는 며느리와 작은아들까지, 큰아들에게 한마디씩 불평을 늘어놓으며 공격했다

"아무리 그래도 어떻게 엄마를 세차장에서 일하게 할 수 있느냐?"고.

며느리까지 합세해서 큰아들한테 말하자 아들은 동생들 말에는 대답을 않고 나한테 물었다.

"어머니는 어떠세요?"

그동안 나는 몸도 마음도 표정도 밝아져 있었다. 아무것도 안 하고 온종일 집안에 있을 때 온몸이 안 아픈 곳이 없었고 늘 기력 없이 멀거니 누워 공상에만 끌려 다녔는데 사람들을 만나면서 낯선 일을 하다 보니 더 열심히 해야 했고 시간 가는 줄을 몰랐다. 세차 일은 모든 것이 완전 자동으로 깨끗이 씻겨 나오면 우리는 그냥 물기만 닦으면 되었다.

바쁜 하루하루가 즐겁고 일은 나에게 알맞은 운동이 되었다. 주유 쪽에서 근무하시는 권 선생님은 몇 해 전에 교직에서 정년퇴직하셨는데

퇴직하고 몇 년까지는 여기저기 다니며 그동안 누리지 못했던 자유를 만끽하며 즐거웠지만 차츰 시간이 지나면서 괜한 가족들과 마찰만 잦아지고 세상에 대한 불만과 외로움에 우울증까지 왔을 때 친분이 있던 사장님의 권유로 일하게 되었다고 했다.

아침에 일어나면 '아직 어딘가에 나를 필요로 하는 곳이 있고 갈 데가 있다'는 게 이렇게 좋을 줄 몰랐다'며 늘 고객에게도 밝은 웃음을 선사하셨다.

현 사회는 정년퇴임이 아닌 조기퇴임이 요구되고 있다. 오랜 시간을 힘들게 공부하고 어렵게 직장에 들어갔지만 기다리는 건 불안한 조기퇴임이라면 젊은이들이 어떻게 마음 편히 일할 수 있겠는가. 시작부터 노후를 걱정해야 하는 시대에 우리는 살고 있지 않은가.

나는 지금 대형마트 작은 코너에서 아이스크림 가게를 이미 6년이 넘도록 하고 있지만 일은 나에게 기쁨조 역할을 하고 있다.

'나이 든 부모에게 알맞은 일자리를 마련해 주는 것이 가장 효자.'라고 했던가. 까마득한 옛날에 들었던 얘기가 바로 나의 이야기였다는 걸 생각하니 새삼 아들이 고맙다.

부모님께 일자리를 마련해 드려서 손자들에게 과자라도 사주고 가끔은 좋은 일에도 눈을 돌릴 수 있는 멋진 할아버지 할머니가 되도록 해드리는 것이 바른 효도라고 생각한다.

누군가 "노인은 걸어 다니는 사전이다."라고 했듯이 거창하게 '노인 일자리 만들기'라는 슬로건을 내걸지 않아도 주위를 살펴보면 노년의 연륜과 지혜만으로도 얼마든지 젊은이들을 뒷받침해 줄 수 있는 일이 많다. 뿌리가 튼튼해야 줄기도 잎도 열매도 탐스럽게 열리듯이 누구에게나 다가올 노후가 즐겁고 행복하게 보장이 된다면 젊은이들도 노후 걱정 없이 맡은 바 일을 더욱 열심히 하게 될 것이다.

엄마 하시던 대로 하세요

설날 아침에 차례 상을 물리고 아이들이 세배할 준비를 하고 있다. 나도 올해는 장롱에서 세월만 보내던 한복을 꺼내 곱게 입었다. 아이들도 내 뜻에 따라 모두 한복을 입으니 거실 안은 금방 꽃밭으로 변한 듯 향기로웠다. 오랜만에 설날다운 설인 것 같아 몸도 마음도 즐거웠다.

딸아이가 방석을 들고 와서 나에게 앉으라고 권했다. 순간 딸에게서 오래 전 나의 모습이 보였다. 결혼해서 첫아이를 낳고 시어머니와 여러 형제들이 모여 설날을 보냈던 즐거웠던 시절이 생각난 것이다.

"난 돈 안 주면 방석에 안 앉는다."

하면서 갑자기 돌아앉자 어리둥절하던 딸아이가 얼른 지폐 한 장을 주면서 방석에 나를 앉혔다. 그리고 아들 내외가 봉투 하나를 들고 앞에 놓고 세배를 하려는 폼을 잡기에 "너들은 둘인데 왜 봉투는 한 개만 놓나?" 했더니 딸아이는 민망한 눈짓을 보내고 며느리는 방으로 얼른 들어가더니 다시 봉투 한 개를 들고 와 내 앞에 놓고 모두 합동으로 세배를 했다.

"어머니! 건강하시고 올해는 베스트셀러 한번 내세요. 어머니!"

"오냐 너희들도 건강하고 하고자 하는 모든 일들 뜻대로 이루길 바란다."

다음은 손자들 차례였다. 내가 사온 예쁜 한복을 입은 꽃 같은 손자

손녀가 세배를 했다. 저절로 웃음이 나고 즐거웠다. 큰손녀는 올해 중학교에 들어가기 때문에 교복 값과 학용품 살 돈을 넣은 봉투를 주면서 "그래, 건강하고 새로운 학교에 가서도 지금처럼 잘 해야 한다." 하고 덕담을 했다. 다른 손주들에게도 차례로 학용품 사는데 쓰라고 봉투 하나씩을 주었다. 가슴 가득 포만감이 차오르고 호사하는 기분이 들었다.

오후엔 모두 6시간이나 차를 타고 고향에 가서 성묘도 하였다. 그리고 친정아버지를 찾아뵙고 다음날 돌아왔다. 모처럼 새해 설날을 제대로 맞았다는 생각에 흐뭇했다. 며칠 뒤 딸아이가 반찬통을 하나 들고 가게로 왔다.

"이거 영광굴비 몇 마리 가져왔는데 냉장고에 두고 드셔요. 그런데 엄마 설날엔 왜 그랬어요. 생전 안 하시던 봉투 타령을 다 하시구요?"

"내가 뭘 왜 그래?"

순간 딸아이가 무슨 말을 하고 싶은지는 알 것 같았다.

"아유, 전에는 오빠나 언니가 봉투를 주면 '내가 돈 쓸 일이 뭐가 있냐. 너들이 더 쓸 일이 많지,' 하면서 돌려주려고 그랬는데 올해는 왜 그래요. 돈이 없는 사람도 아니고 내가 민망해서 혼났잖아."

짐작했던 일이지만 딸의 말에 나만의 추억 어린 장난기는 주책으로 변했고 즐거웠던 여운은 찬물을 끼얹는 듯했다.

"너는 어떻게 그렇게 생각밖에 못하나?"

딸 입장에서 나의 엉뚱한 행동이 제 오빠나 올케 보기에 어색하고 민망했던 모양이다.

"엄마, 시대가 달라졌어요. 엄마 하시던 대로가 훨씬 엄마다워요."

그것도 그럴 것이 10년이면 강산도 변한다는데 강산도 4번이나 변했을 40여 년 전 시어머니가 자식들에게 하시던 모습을 내가 어설프게 흉내를 냈으니 아들도 며느리도 딸도 모두 당황스럽기도 했을 것이다.

　일찍 시아버지께서 돌아가시고, 시어머니는 일제와 연이은 전쟁으로 어려운 살림에 유복자를 포함한 어린 7남매를 혼자서 봇짐장사와 바느질을 해서 키우셨다. 큰 시숙(살아계시면 78세)을 그 시절에 유치원까지 보내셨다고 하니 자식에 대한 사랑과 교육에 얼마나 열성적이셨던가를 알 것 같다.

　돈을 버는 대로 토지를 사셨다고 했다. 내가 결혼할 당시도 도로변 우리 집 뒤의 많은 땅은 모두 시어머니 땅이었으니 모내기 같은 큰일을 할 땐 농사일을 도와주는 사람과 부엌일을 도와주는 사람까지 가족 외의 식솔이 열다섯 명이 넘을 때가 많았다고 했다. 시어머니는 지금 생각해도 남다른 지혜를 가지셨던 여장부였던 것 같다.

　"엄한 부모 밑에 효자가 난다."고 딸 둘과 아들 다섯의 7남매를 대단한 카리스마로 키우셨으며 어머니 말씀은 곧 법이었으며 어린 자식들에겐 우상 그 자체였다고 했다. 그건 시집 온 며느리들에게도 마찬가지셨다. 자식들은 어머니에 대한 깊은 공경과 순종으로 효를 다하려고 노력했으며 어머니께 조금이나마 고생하신 보람을 느끼도록 해드리고 싶어 했다. 명절날 아침엔 의미 있는 높은 방석에 앉혀드리고 싶어 했다. 모두 어머니를 방석에 앉히기 위해 돈과 방석을 들고 줄을 서 있었고 어머니도 자식들의 뜻을 받아들이시며 장난기 섞인 농담도 하셨다.

　"돈이 적어서 이 방석엔 안 앉겠다." 하시며 다른 방으로 가시면 다시 형제들이 모셔오고, 세배를 드릴 때도 모두 봉투를 놓고 세배를 했다. 어머니 앞에 놓인 작은 바구니는 봉투가 넘쳐흐르고 방안에는 웃음소리가 가득했다. 그동안 제대로 못 드린 용돈을 생각하며 조금 넉넉하게 준비하면서 작은 효도를 하는 것 같아 흐뭇하기도 했다.

　친정에서 설날이 되면 부모님께 세배하고 세뱃돈을 받고 좋아만 했었던 나는 처음엔 영문을 몰랐지만 점점 분위기가 고조되면서 모든 것을 알 수가 있었고, 그날 그 분위기는 감동 그 차체로 40여 년이 지나도록 그리움으로 남는 추억 중 하나다.

오후 늦도록 어머니께 인사오시는 동네 어른들의 방문이 이어졌다. 그리고 이른 저녁을 먹은 우리 가족들은 골목길을 꽉 채우며 극장으로 줄지어 간다. 물론 그날의 물주는 시어머니셨고 일찍 시동생을 시켜서 예매를 하셨던 것이다. 그날 영화는 〈울고 넘는 박달재〉였다. 집으로 오면 다시 편을 갈라 윷놀이를 하며 시숙들은 어려운 수수께끼 알아맞히는 게임도 했다. 밤이 늦도록 웃음소리가 담장을 넘고 동네에 울려 퍼졌다. 그날 하루만큼은 모든 가족들이 어머님 방에서 편하게 술도 마시고 즐거워했다. 시숙은 술 못 먹는 나를 배려해서 파라다이스라는 와인을 준비하기도 했다.

시어머니의 엄한(?) 명령에 노래도 불러야 했다. 평소에는 모든 며느리들이 시어머니 앞에서 꼭 해야 할 말도 제대로 못할 만큼 카리스마 넘치고 무서운 분이셨다. 그러기에 며느리들은 그런 시어머니께 불만은 고사하고 어떻게 해야 어머니 맘 안상하게 할까 하는 걱정뿐이었다. 그런데 감히 내가 한 일 없이 시어머니 흉내를 냈으니 나의 어색한 행동에 딸아이는 당황했던 모양이다.

요즘 젊은이들에게 옛날 나의 어머니의 모습은 어떻게 비춰질까? 바쁜 자식들을 이해 못하고 붙잡아 놓는다고 생각할까. 무슨 이유를 대며 자식들은 흩어져버리고 썰렁한 빈방만 지키는 것이 옳은 걸까. 깊은 뜻을 담아 에둘러 말하는 걸 예의로 알았던 지난 시절 어른들의 사고를 이해하지는 못하는 걸까. 오랜 연륜과 경험으로 자식들에게 가르치려다 보면 시대에 처지는 잔소리꾼 늙은이가 되기 쉽다.

"지갑은 열고, 입은 닫아야 한다."는 말이 우스갯소리만은 아니다.

40년 전 설날 아침의 그리운 추억은 나의 코믹 연기로 끝났다.

아름다운 만남

 사촌 언니가 서울에서 마트 두 개를 운영할 때 내가 잠시 도와준 적이 있다. 60여 년 동안 서로 다른 생활 속에서 살다가 오랜 세월이 흐른 후에 만난 언니와의 생활은 몸도 마음도 추웠었던 당시에 따뜻한 시간이었다.

 언니와 가게를 보면서 수십여 년의 세월을 영화필름처럼 돌려가며 많은 이야기를 하며 울기도 하고 웃기도 했었다

 하루는 언니와 가게를 보면서 돌아서서 카운터 뒤쪽의 물건을 정리를 했다.

 "언니야! 이거는 이렇게 쌓아두면 될지 모르겠네?"

 "그래, 그렇게 두면 너 형부가 다시 정리할 거야."

 그때 누군가

 "사장님." 하는 것이었다. 나는 아무 생각 없이 하던 일만 계속했는데 다시 부르는 소리가 들렸다

 "사장님! 보디가드 사장님!"

 보디가드라는 말에 고개를 돌렸더니 거기엔 오래 전에 고향 대학교 앞에서 '보디가드 레스토랑'을 할 때 아르바이트생으로 나를 도와주던 대학생이 어느덧 청년이 되어 함박웃음을 웃고 서 있었다.

 나는 너무도 놀랍고 반가웠다. 어떻게 오래 전에 잠시 만났던 나를

지금까지 기억하고 돌아선 내 목소리만 듣고 알아보다니 그땐 이력서는 받았지만 연신 들락날락하는 학생들의 신원파악은 그냥 건성으로 했다. 그리고 규철이는 키도 180cm 넘는 키에 장동건 이상으로 잘생겨서 처음 면접 보러 왔을 때 어쩌면 손님들께 위축감을 줄 수도 있다는 생각에서 채용하지 않았다가 규철이가 다시 찾아와서 일하게 해달라기에 채용했었는데 외모와는 달리 설거지며 다른 아르바이트생이 싫어하는 굳은 일은 도맡아서 아주 성실하게 했던 학생이다.

그런데 여기서 이렇게 만나다니. 사실 난 규철이 고향이 서울이라는 것조차 기억이 없었는데 옷깃만 스쳐도 전생의 인연이라는 말을 새삼 느끼게 했다.

사람은 태어나면서부터 이 세상을 하직하는 날까지 많은 만남이 이루어진다. 태어나면서 부모와의 만남! 참으로 그것은 하늘의 복이라고 하지 않을 수 없다.

자기의 선택도 없이 똑같은 아이로 태어나면서 각기 다른 천태만상의 운명대로 살아갈 것이다. 그 후로도 많은 만남으로 인간의 성장과 인격 형성을 만든다.

형제와 동기간의 만남과 학교에 들어가면 다시 많은 만남을 이룬다.

제2의 하늘의 인연이라면 결혼이 아닐까 싶다.

서로가 서로에게 신뢰와 존경과 사랑으로 오랜 세월을 살아야 할 파트너, 그것은 어떻게 보면 세상의 무엇에도 비교할 수 없을 만큼 소중한 만남이 아닐까.

가족 구성을 화목하게 살아간다는 건 이해와 배려와 희생의 마음으로 살아가야 할 것 같다.

지금 나는 대형마트 안에서 아이스크림 코너를 하고 있다.

오전에는 아르바이트생이 도와주고 나는 주로 오후근무를 한다.

고객은 거의 부모를 따라온 어린 고객들인데 내 아이들 키울 땐 귀엽다는 생각보다 소중함과 책임감으로 바쁘게만 살았는데 지금은 내 손자들이나 모든 아이들의 행동 하나하나에 전율을 느낄 만큼 사랑스럽고 귀엽다.

아이스크림을 컵에다 담아주고 계산하기까지는 10초가 안 되지만 그 짧은 순간에 고객들에게서 고도의 행복감을 받기도 하고 10초 안에 모든 걸 포기하고 싶을 만큼 스트레스를 주는 고객도 있다.

"죽지 않았다면 어디서라도 만난다."는 말이 있다.

언제 어떤 자리에서 다시 만나더라도 어색하지 않고 반가울 수 있도록 짧은 만남일수록 소중하게 생각하고 마음을 열어야 할 것 같다.

가까운 지인들에게도 만날수록 편하고 좋은 느낌을 주고 항상 양보하고 배려하고 인내하면서 상대방에게 편함을 줄 수 있는 내가 되고 싶다. 그런 만남이 소중한 만남이리라.

울산대 교수님과의 운명적인 만남과 가끔은 천륜의 정을 느낄 만큼 챙겨주시는 순숙이 형님과의 만남, 끊임없이 염려해 주고 안부를 물어주는 50여 년 고향 친구들의 오랜 만남, 그리고 타향에서 마음이 울적하거나 잠시 자투리 시간이 나면 찾아가는 친구와의 만남, 그 친구는 나이와 환경이 나와 비슷해서 가끔 속을 편하게 털어 내기도 한다. 스튜디오를 하는 그녀는 참으로 근사한 멋쟁이다. 똑같은 사진 속 주인공을 울렸다 웃겼다 마음대로 한다.

물론 컴퓨터 그래픽으로 한다지만 컴맹인 내가 볼 때는 신비에 가깝다. 바쁜 시간에도 살림집을 오르락내리락하며 국화차, 녹차 잎을 들고 와서 전통찻집처럼 펼쳐 놓으면서도 언제 했는지 맛있는 청국장까지 끓여놓고 김치 새로 했다며 밥 먹고 가라고 살림집으로 데려간다. 그는 사업가이기 전에 천생 여자로서 현모양처의 모습이며 누구에게나 최선을 다 하는 사람이다.

가끔 그녀에게서 나를 돌아보기도 한다.

젊은 시절 오랫동안 수예점을 하는 동안 아이들과 남편 뒷바라지해 가며 당시에 유행하던 국제자수와 손뜨개질 등을 배우기 위해 가게는 늘 많은 손님이 들끓었다. 원래 음식 만들기를 좋아하던 나는 때가 되면 무엇이라도 만들어 같이 먹었으며, 밤낮으로 출퇴근시간이 일정하지 않은 공무원이었던 남편은 시도 때도 없이 데리고 오는 선후배들에게 아무리 바빠도 내색하지 않고 한밤중이라도 밥상이며 술상을 차려 대접했다.

그 많은 만남 속에서 누구에게 어떤 만남으로 기억되고 있을지. 칡넝쿨처럼 앞만 보며 얽히고설키며 살아온 지난날이 돌아봐진다.

오랜 세월 받는 사랑에만 치우쳐 빚으로 남아 있는 건 없는지.

잘 익은 벼이삭이 되어 나를 낮추고 가슴 열면 모두가 한 마음이었을 텐데, 내가 사랑하고, 나를 사랑해 주는 가까운 이들에게 최선을 다하고 싶은 마음만큼 하고 살았는지. 이제 황혼에 서서 후회하며 돌아보기엔 너무 늦은 감이 있지만……

좋은 만남으로 희망이 생기고 표정과 삶이 바뀌고 인생이 바뀔 수 있는 아름다운 만남, 언제나 고향 같은 사람, 가끔은 보고 싶어지는 사람, 언제나 마음 편히 무슨 얘기라도 들어줄 수 있는 사람, 그런 만남으로 기억되는 사람으로 살고 싶다.

부부로 산다는 건

　오래전 남편 직장 동기회가 있었는데 두 달에 한 번씩 만나서 식사도 하고 술도 한잔씩 한다는 얘기를 들었다. 직장 동기회는 같은 직장생활을 하다 보니 서로가 이해되는 점도 많아서 친동기간처럼 정감이 가는 동료들이기도 했다.

　그런데 모두 출퇴근 시간이 일정하지 않은 철도국 직장이다 보니 빠지는 횟수가 많아지면서 친목회가 무산되기 직전까지 왔다며 남편이 걱정을 했을 때 내가 바쁜 남편들 대신 부인들만 모아서 다시 남편들의 동기회를 이끌어 나갔다.

　설이나 추석 같은 명절에는 남편들이 교번을 맞추어 모두 모여 윷놀이도 하고 여름에는 단체로 야유회도 갔었다.

　처음 부인들만 구성해서 다시 시작했을 때 역시 매달 한번 모이는 것도 결석하는 사람도 많고 별로 반응이 안 좋아서 많은 생각 끝에 더 친해지고 가까워지기 위에 부인들끼리만 야유회를 계획하고 주선을 해서 가까운 도담삼봉으로 야유회를 가기로 했다. 아이들을 친정어머니한테 맡기고 회원들이 모두 먹을 음식과 과일 그리고 좀 더 흥을 돋우기 위해서 카세트까지 준비했다.

　아직은 서로 어색하고 모두 남편을 의식해서인지 말실수라도 하지 않으려고 존댓말을 써가며 조심들 하면서도 즐거운 마음으로 도담삼봉 가는 기차를 탔다.

목적지에 도착해서도 우리는 서로 약간의 인사나 짧은 잡담만 했을 뿐 무료한 시간을 보냈다. 이대로 하루를 보내고 집으로 간다면 야유회 온 보람이 없을 것 같은 생각이 들었다.

나는 카세트를 켜서 신나는 음악이 흘러나오게 했다. 그래도 모두 조용하게 손뼉만 치고 노래가 몇 차례 나오고 몇 시간이 가도록 아까운 시간만 흘러갈 뿐 별 흥미를 못 느끼는지 손뼉만 열심히들 쳤다.

시계를 보니 벌써 돌아가야 할 시간은 1시간도 못 남았는데 이대로 집으로 간다면 다음 만남이 더 어색하고 시시해져 버릴 수도 있을 것 같았다.

그중 내가 나이가 제일 어리고 처음 모임을 시작해서 오늘 야유회 주선도 내가 서둘렀는데 실망만 안고 집으로 가게 될 것 같았다. 나는 마지막 수단으로 일어서서 음악에 맞추어 코미디 흉내를 내며 막춤을 추기 시작했더니 모두 크게 소리 내어 웃었다. 그러더니 하나둘 일어나서 손뼉도 치고 노래를 부르기 시작했다. 드디어 돌아갈 기차시간 30분 전에야 모두 흥이 오르기 시작했고 기차 시간에 쫓겨 짐을 챙기면서도 흥은 점점 가열되기 시작했다.

기차역에 도착한 우리 일행은 대합실에 사람들이 한 사람도 없다는 행운을 놓치지 않고 우리의 민망한 콘서트는 계속되었다. 기차를 기다리는 몇 분 동안 모두 일어서서 신나게 노는데 매표창구에서 역 직원들이 내다보고 있었지만 불붙기 시작한 우리의 콘서트는 쉽게 사그라질 줄 몰랐다. 한참 신이 났는데 역 직원 한 사람이 내 옆으로 오더니,

"형수님, 여기서 뭐 하시는 거예요? 형님한테 일러줄 거예요." 하지 않는가. 그때는 분위기가 절정에 달했기에 분위기를 깨뜨릴 수가 없었다.

"일러줘라. 내가 뭐 나쁜 짓하냐." 하고 계속 손뼉치고 놀았다. 좌석이 거의 비어 있는 완행열차 속에서도 형님들의 흥은 좀처럼 가라앉을 기미가 없이 연속되면서 기차가 집 가까이 왔다. 그때부터 남편 생각이 났다.

'어쩌누, 철도청 직장 후배가 1~2백 명이 넘는데 남편 귀에는 금방 들어갈 테고, 남편 성격에 그 말을 듣고 가만 있을 것 같지는 않고, 아이고 큰일 났네.' 그 걱정은 일주일이 지나고 열흘이 지날수록 남편을 바로 보기조차 어렵게 했다. 하지만 아는지 모르는지 열흘이 지나도록 남편은 말이 없었다. 그래서 나는 남편을 더 조심했다

"아직 못 들었을 리는 없을 텐데……."

'에구 내가 미쳤지, 남편이 철도기관사면서 그런 행동을 했으니. 차라리 남한테 듣기 전에 내가 먼저 얘기하고 다음부터 조심하겠다고 하면 어떨까.'

나는 하루하루를 살얼음판 걷듯 남편의 눈치 살폈다.

그때 둘째아이가 늘 목이 잠긴 소리를 해서 안동병원에서 수면 조직검사도 해보고 별 약을 다 쓰면서 병원을 쫓아다니던 때에 누가 도담역 앞에 유명한 한의원이 있는데 특히 목을 잘 본다는 것이었다.

나는 당장 가봐야겠다고 했지만 며칠 전 일이 머리에서 지워지질 않았다.

'어떡하지? 남편이 승차권을 예매해 줘야 가는데, 에구, 내가 미쳤지 . 어쩌누.'

하지만 남편한테 야단을 맞는다 해도 아이 약은 늦출 수가 없어서 남편한테 먼저 고백하기로 했다

"저어, 진호 약 때문에 도담을 가야 하는데 승차권 좀 예매해 줘요."

결국 본론만 얘기하고 그 날의 얘기는 또 못 꺼냈다.

"에구, 같이 말하면 좋았을 걸. 그런데 아직 듣지는 못했을 텐데……. 차라리 그 후배한테 듣기 전에 내가 먼저 얘기해야 하는데, 화를 낸다면 나도 화를 내며 따져야지. 내가 뭐 그리 나쁜 짓 했나! 내가 뭐 사교 춤이라도 추러 다녔냐 하고 같이 성내야지."

나는 불안한 마음을 역으로 싸움에 대비할 말을 준비하기도 했다. 며칠 후 남편이 승차권을 주면서,

"당신은 우등권한이야. 우등을 탈 수 있다고."

하면서 승차권을 주면서 기분 좋게 웃었다. 난 이때다 싶어

"그런데 저기……."

"뭐! 그냥 정해진 좌석에 진호하고 앉으면 돼."

"그게 아니고. 저기……."

나는 고개를 숙인 채 겨우 그날 있었던 얘기를 했다. 그런데 남편의 반응은 너무 예외였다

"그게 왜? 어때서 일할 때는 열심히 일하고 놀 때는 열심히 노는 게 정상이지."

했다. 그날 바로 다음날 도담 입환 조라 구내 근무를 하는데 그 후배가 사무실에서 거리가 한참 떨어진 남편이 근무하는 기관차 안까지 올라와서 말하더라는 것이다.

"형님! 이 더운 날씨에 형님만 이렇게 열심히 일하면 뭐해요, 형수님은 나와서 마음대로 노는데." 하더란다. 그래서

"왜? 너 형수가 뭐?" 하고 반문하자 그때의 상황을 하나도 빠짐없이 말하더라고 했다. 후배한테 얘기를 다 들은 남편은 그 후배에게,

"새장에 갇힌 새 같았겠지, 그런데 야! 이 자석아, 네가 여기까지 와서 일러주는 목적이 뭔데?" 하자 머쓱해진 후배는 아무소리도 못하고 돌아가더라고 했다. 나는 남편에게 내가 당신 생각 못하고 실수했을 것

같다는 말과 다음부터 주의하겠다고 사과하고는 아이와 도담 가는 기차 안에서 많은 생각을 했다.

후배를 좋아하고 운동을 좋아하다 보니 성격이 급하고 와일드하고 단순한 사람이라고 생각했었는데. 말이란 옮겨질 때마다 살이 붙어서 나중엔 상상도 못할 만큼 커지기도 하는 것인데 남의 말보다 나를 믿어준 남편이 고맙기도 하고 속 깊은 남편에게서 작은 일이지만 존경심이 생겼다.

부부란 그렇게 서로 믿고 때론 외부의 적도 방어해 주면서 서로 흉허물을 덮어가며 살아야 한다는 걸 남편의 깊은 마음에서 배웠다. 젊은 날의 민망했던 콘서트 덕분에 남편의 동기회는 오랜 세월이 흐르고 모두 퇴직하고 몇 분은 이미 고인이 된 지금까지 한 달에 한 번씩 만나면서 우애를 돈독히 지내고 있다.

4부
후회, 그리고 행복

빈 가슴 시려도

남편은 새벽같이 낚시를 떠났고 아이들은 모두 제각기 자기생활을 위해 떠난 빈집은 조용하다가보다 무섭도록 밀려오는 소외감과 외로움은 나를 더욱 초라하게 만들었다.

갑돌이 갑순 이처럼 시어른들의 중매로 바로 이웃으로 시집와서 보낸 그 많은 시간들!

나는 그 많은 세월과 시간을 자신보다도 그들의 세월로 되받을 수 없는 짝사랑의 세월로 보냈다.

어느 때부터인가. 나라는 존재는 사라지고 내가 아닌 그들의 프로그램대로 나의 하루하루는 엮어져 나갔다.

남편이 밖에서 화가 나면 나는 집에서 온종일 우울해야 했고 보석 같은 내 아이들이 아플 땐 난 그 열 배가 아팠었다.

"넌 행복이라는 조건을 모두 갖추고 사는 것 같다."던 친구들의 말을 들을 때마다 우리 여자들의 행복과 불행의 기준은 어디에서 오는가 하고 생각해 본다.

즐거울 때 마음껏 웃어보지도, 괴롭고 고통스러울 때 마음껏 울어보지도 못하고, 벙어리 냉가슴 앓듯 그들을 위해 아침을 맞이하고 그들을 위해 웃어야 하는 그들을 향한 나의 '영원한 짝사랑' 남편과 자식, 그리고 이웃에서 자식 노릇 제대로 한번 못해도 밤낮으로 딸자식 걱정해 주시는 부모님께 누가 될까 봐 속마음 겹겹이 덮어두고 크게 한번 숨 쉬어 보고 살짝 웃어도 본다.

나도 마음대로 울고 싶을 때가 있는데, 나도 마음대로 화내고 성질도 부리고 싶을 때가 있는데, 그들의 감정 대상으로는 내가 될 수 있어도, 나의 대상은 아무도 없었다.

그냥 하늘을 향해 울어야 하고 먼 산을 보며 웃어야 한다. 하루하루를 소중하고 귀하게 아끼며 열심히 살아온 나의 지난날들!

세상 온갖 화려한 곳에서 유혹하고 손짓해도 금붕어라는 별명에서 벗어나지 못하고 온 종일 유리벽 속에 갇혀 살아왔어도 나의 작은 발자취에 그들의 인격과 체면! 아이들의 장래가 동반한다는 마지막 나의 자존심 때문에 조심스럽게 또한 자신 있게 살아 왔다.

하지만 오늘의 이 허전함은 무엇인가?

이제 그들은 나의 알뜰한 보살핌도 간섭도 귀찮아져 버린 지금 모두들 내게서 떠나 버렸고 구멍 뚫린 나의 빈 가슴은 휑하니 찬바람으로 시리다.

옛날의 그 곱던 내 모습은 간 곳 없고 시들어가는 자신감과 막을 수 없는 소외감만이 나를 지킨다.

여기서 나의 '짝사랑'은 끝나는 것인가?

그들이 나를 잊었다고 나도 그들을 잊을 수 있을까?

볼을 타고 입으로 찝찔하게 스며드는 눈물을 삼키며 아무도 보지 않는 달구지 속에서 마음 편히 울기도 하고 화도 내보고, 탈출을 꿈꿔 보기도 하면서 한참을 달리다 보면 달구지에서 흘러나오는 잔잔한 음악은 나를 적시고 서러움에 잠긴 내 영혼을 휘감는 음률은 나의 눈물과 울분을 잠재우기도 한다.

그리고 그들의 밝은 얼굴들은 아름다운 모습으로 내 달구지 차창 가를 찾아와 웃으며 젖은 나의 볼에 입맞춤을 해준다.

그랬었구나!

그들도 아직 나를 잊지 않고 있었구나!

그래, 어쩌면 내가 더 많은 것이 모자라고 부족한 것 같아 어느새 나는 반성도 하고 후회도 한다.

아내로서 어머니로서 인격과 수양을 제대로 갖추지 못한 탓에 좀 더 참지 못하고 잘해 주지 못했던 것이 가슴 저리다.

빈 깡통처럼 언제나 잔소리만 하는 뒤떨어진 부족한 나에게 그래도 아내라고 해주고 엄마라고 불러주는 멋진 그들이 모두 고맙기만 하다.

나의 사랑이 '영원한 짝사랑'이면 어떠랴. 작은 나의 희생으로 그들이 웃을 수만 있다면 내 무엇이 아까울까. 그들이 웃어야 내가 웃을 수 있고 그들이 즐겁고 행복해야 나의 행복이 덤으로 오는 것을……

또한 그들의 웃음이 나에게 소중한 만큼 나의 웃음도 그들에게 소중하리라. 먼 산자락에 이름 모를 들꽃도 누군가를 위하여 향기와 예쁜 웃음을 날리듯, 그들이 나를 잊을지라도 나의 그들을 향한 짝사랑은 영원하리라.

후회! 그리고 행복

　나이가 들면서 젊을 때 느끼지 못했던 후회와 아쉬움이 보낸 세월만큼 가슴에 쌓이는 것 같다. 인생에 연습이 있다면 다시 한 번 멋지게 후회 없는 삶을 살 것 같은 엉뚱하고 생각도 해본다.

　수많은 후회를 어찌 말로 다할 수 있을까. 이제 해 저무는 황혼에 서서 그 많은 후회 중 나 자신에게 후회가 있다면 즐거움과 살아 있음을 깨우쳐주는 글쓰기에 소홀했던 후회가 가슴앓이로 남아 있다.

　2009년 1월 출근 버스 안에서 서울에서 온 한 통의 전화를 받았다.

　서울문학저널 시 부문 신인상을 수상하게 되었다는 소식이었다. 나는 자리에서 벌떡 일어서면서 "예, 그게 정말이세요? 고맙습니다. 고맙습니다." 휴대폰을 들고 나도 모르게 소리를 지르며 절을 꾸벅꾸벅했다. 내 소리에 기사와 손님들이 놀라며 무슨 일이냐고 물어서

　"제 시가 신인상을 타게 되었답니다." 했더니 모두 웃으며 축하한다고 박수를 쳐주었다.

　나의 순간적인 행동이 창피하기도 하고 숨 막히는 감정을 누를 수가 없어서 다음 정거장에서 내렸다. 살면서 자식들이 상을 타오거나 원하는 대학에 합격했을 때, 그리고 남편이 진급했을 때 고맙고 가슴 설레며 좋아했지만 나 때문에 그렇게 숨 막히도록 좋아해 본 적은 처음이었다. 그 후 울산 시 체험수필 공모전 대상 수상과 수필 신인상 수상에서

도 그때 같은 감정은 아니었다.

이렇게 가슴 벅차고 행복할 줄 알았다면 진작 등단 쪽으로 관심을 가졌을 텐데 그토록 오랜 세월을 글을 쓰면서도 작가가 되겠다는 생각은 못해 봤으니, 텔레비전이 없던 시절 뜨개질과 수놓기를 좋아했던 나는 늘 라디오를 옆에 두고 넓은 초원에 사슴들이 평화롭게 뛰어노는 자수를 수놓으며 뜨개질을 했다.

결혼을 하고 수예점을 하면서 온종일 유리벽에 갇혀 산다고 친구들과 동네 사람들은 나에게 금붕어라는 별명을 지어줄 만큼 우물 안 개구리처럼 살아 왔다.

그러다 보니 라디오와 책은 나의 가장 좋은 친구 역할을 해주었다. 책 속에서 다른 세상을 만나며 라디오에서 들려주는 세상 사람들의 삶을 들으며 그 주인공이 되어 간접적인 경험을 맛보기도 했다. 우리 집 가까이 남편 친구가 서점을 하는데 가게가 조용한 아침에 책을 사러갔었는데 한번은 남편 친구 부부가 "뭐 하러 자꾸 사요, 깨끗하게 보고 갖다 놓으면 돼요."라고 해서 그때부터 두 권쯤 빌려보고 한 권씩 사기도 했다. 그리고 어느 날부터 내 글 실력을 평가받고 싶어졌다.

망설이다 방송국에 보낸 글이 주 장원으로 채택되어 원하는 날짜에 방송이 나오고 상품도 보내왔을 때 기뻐하며 친정어머니께 자랑도 하며 또 쓰고 싶은 용기도 생겼다. 그 후로 각 방송국에 자주 원고를 보내게 되었으며 날짜에 맞춰 녹음 준비하고 기다리면 거의 채택되어 방송되고 소정의 원고료와 상품을 타기도 했다.

대구KBS, FM, 안동방송, MBC, FM,서울FM은 내가 단골손님이었을 것이다. 서울방송 FM '김미숙의 음악 사롱'에서도 상품을 몇 번 받기도 했으며 '지금은 라디오 시대'에 글을 보내고 주 장원으로 최유라 씨와 전화 인터뷰도 하고 원고료도 받았다. 지금 쓰고 있는 침대 역시

TV SBS 아침 토크쇼에서 상으로 탄 것이다.

보낸 글을 아나운서가 고운 목소리로 감정을 넣어가며 읽을 때 눈물을 흘리며 준비해 둔 녹음하는 것조차 잊은 적도 있지만 여러 개를 한데 모아서 편집해 둔 테이프 몇 개는 아직도 간직하고 있다. 아이들은 학교에 가져가서 교실에서 선생님과 친구들과 테이프를 같이 듣기도 했다며 자랑했었고 친정어머니와 친구들에게 테이프를 들려주기도 했다. 나는 그걸로 만족하며 살아온 것 같다.

아침엔 아이들과 남편이 출근한 뒤 청소와 가게 정리를 하고 나면 나만의 시간이 된다. 모두 바쁜 생활 속에서 못했던 말들을 편지로 써서 남편 직장과 아이들 학교로 우편으로 보내기도 하고 주로 나는 아침에 일기를 썼으며 그 일기는 예순 살이 넘도록 썼다.

모두가 나 혼자의 푸념과 독백이었다. 내 글이 방송에 나오면서 여기저기서 원고 청탁도 들어오기도 하고 지방신문에서는 글을 부탁했고 소백신문에는 '창간호에 대한 기대'라는 제목으로 지면 가득 내 사진과 글이 실리기도 했다. 〈신흥해풍〉이라는 주간지 신문사에서 매주 글을 부탁했으며 소정의 원고료도 보내 주기도 했다.

방송국과 신문사에서 온 봉투는 아직 추억처럼 내 앨범에 꽂혀 있다. 그때 내 나이 30대에서 40대쯤이었다. 그때는 작가가 되겠다는 생각을 못해 봤기에 신춘문예 같은데 관심도 없었고 정보도 어두웠다. 내게 처음으로 글쓰기 공부를 권했던 분은 그때도 이미 내 나이 50살이 가까웠을 무렵 오래도록 하던 수예점을 정리하고 대학교 앞에서 레스토랑을 할 때 당시에 최고의 인기 단막극인 '전설의 고향 권기훈 작가께서 어느 날 우리가게까지 친히 오셔서 "어느 신문에서 글을 읽었는데 작가로서의 소질이 다분하다"시며 "공부를 좀 해보지 않겠느냐"고 하셨다. 그리고 KBS TV '전설의 고향'에 방영되었던 것만 엮으셨던 책에 사인을 해서 두 권을 주셨다. 책꽂이에 꽂혀 있는 그 책을 볼 때마다 좀 더 빨리 등단할 수도 있었던 좋은 기회였다는 후회와 아쉬움을 지울 수가 없다. 당시에는 모든 여건도 안 좋았지만 지금 생각해 보면 그것은 핑계일 뿐 작가에 대한 꿈이나 관심조차도 없었던 것이다.

어느 날, 돌아서면 잊어버리고 늘 쓰던 단어조차도 생각나지 않는 61살의 환갑 나이에 아들이 "어머니, 이왕 글 쓰시는 거 등단을 하셔서 쓰시면 좋잖아요." 할 때 "이 나이에 등단은 해서 뭐하겠냐." 하면서도 그제야 작가에 대한 관심을 가지면서 울산대 평생교육원 시창작과에 등록을 했다. 그땐 이미 6개월에 걸쳐 장편소설『좋은 날의 일기』를 탈고한 이후였다. 그리고 자신이 없어서 담임 교수님께 상의도 없이 「서울문학저널」에 시를 보냈었다.

기울어진 황혼의 나이에 숨 막히도록 좋았던 신인상을 타면서 그때서야 진작 작가의 꿈을 가지고 공부를 했더라면 얼마나 좋았을까 하는 때늦은 후회를 가슴이 아프도록 했다. 장편소설『좋은 날의 일기』출판 후 교수님들의 격려를 받으며 공부하는 동안 말할 수 없이 행복했다.

고향 친구들이나 형님들과 지인들은 "진작 시작하지 그랬냐."고 하며 아쉬움으로 축하의 전화를 해주기도 한다.

지난날 힘들었던 시간은 내 영혼과 육체를 제멋대로 흔들어 버린 지금, 흐릿해진 영혼에서 수없이 바글거리는 글들을 가슴을 열고 마음껏 쏟아내지 못하고 붓끝이 갈팡질팡 헤맬 때가 있어 답답하고 외로운 가슴으로 우울증이 다녀간다.

하지만 글쓰기에 대한 끝없는 욕망과 욕구는 다시 필을 쥐게 한다. 100세에『약해지지 마』라는 시집을 출판해서 베스트셀러 작가가 된 일본 '시바타도요'처럼 언제나 맑고 푸른 글을 쓰고 싶다. 늦은 만큼, 희미해진 만큼, 더 열심히 책도 보고 글도 쓰면서 새로운 도전을 꿈꾼다.

가슴으로 그리는 그림

어머니
그곳엔 사계절 꽃과 나비가 아름다이 날고
맑은 물이 흐르고 고민이 없는 곳인가요.
혹시 그곳에서도 아버지와 저희들을 위해
정한 수 떠놓고 기도하시는지요.
좋은 일이 있을 때마다 어머니의 염원으로 생각하고
몹시도 그리워집니다.
어머니 따라 외갓집 가다가 징검다리 건널 때
저를 옆구리에 끼고 건넜던
어머니의 첫사랑!
저는 어머니의 아름다운 모습만 가슴에 안고 살아갑니다.
오늘은 답답한 가슴을 열고
어머니께 우리의 머지않을 훗날을 그려봅니다.

며칠 전 아버지 생신에 못 가서 어제 다녀왔습니다.
어머니가 골라서 선택한 며느리가 알뜰살뜰 보살핀 덕분에
아버지는 여전히 건강하시고 4층 계단을 거뜬히 오르내리십니다.
어머니의 체취 가득한 향기로운 친정이지만

이젠 점점 흐려짐을 느낍니다.

어머니
늘 파문만 일으키던 맏딸이 오늘도 작은 조약돌 하나를 들고
어머니의 멍든 가슴을 향하여 던지려고 합니다.
아버지가 요즘 들어 가끔 엉뚱한 말씀을 하신다며
동생 내외가 걱정을 합니다.
하기야 저도, 어머니 이 세상 하직하시던 그 나이가 되고 보니
이리저리 실수가 많은 것 같습니다.
늦도록 잠 못 이루고 뒤척거리다가 불현듯 생각나는 게 있으면
날 새고 잊어버릴까 봐 컴퓨터도 만지다가 냉장고 정리도 하다가
더우면 머리도 감습니다.
그러고도 아침엔 꼭 가져갈 거라고 새벽에 싸두었던
종이 가방은 두고 출근하기도 합니다.
그런 나를 아이들이 이상하게 볼까 봐 두렵습니다.
어쩌다 아이들 집에 잘 때는 내심 조심도 하지요.
경험 없는 동생은 당황했던 모양입니다.

누가 봐도 구순으로 보지 않는 우리 아버지지만
이제 더 늦기 전에, 더 외로워하시기 전에
어머니 곁으로 곱게 모셔 가면 안 될까요.
평생을 오로지 자식 위해 인생을 바치셨던 아버지,
그 쓸쓸한 뒷모습에서 가슴이 저려옵니다.

어머니

세상만사 모든 일이 맘대로 안 된다지만,
이 세상 오고감은 더욱 맘대로 안 되잖아요.
그래서 이렇게 어머니께 불효한 부탁을 드려봅니다
어머니가 그토록 알뜰살뜰 보살피던 아버지는
어머니 떠나신 뒤 웃음을 잃어버리신 듯
저는 웃는 모습을 보지 못했습니다.
한 부모는 열 자식을 키워도,
열 자식은 한 부모를 못 모시듯이 저희들이 부족한 탓입니다.
어머니 가시고 20여 년
말상대 없이 많이도 외로우셨을 우리 아버지,
어머니께 잘못 했던 벌(?)은 충분히 받으셨을 테니
이제 모든 것을 용서하시고
더 늦기 전에 어머니 곁으로 모셔 가면 안 될까요.
거기서 어머니를 만난다면 어머니의 잔소리마저도
달콤한 자장가로 들으실 만큼 외로우셨습니다.

어머니
아버지를 더 늦기 전에
곱게 주무시듯 모셔 가면 안 될까요.
더 늦기 전에…….
어머니.

석양의 해운대

　고장이라도 난 것같이 온종일 미련스럽도록 입을 꾹 다물고 있던 전화기가 노을이 질 무렵 맑은 기계음을 냈다. 반가웠다

　전화기에서 흘러나오는 주인공은 처음 듣는 목소리였다.

　하지만 그쪽은 나를 알고 있는 듯했다.

　"나 순조야! 나 모르겠어? 옛날에 너희 집 옆에 살던!"

　"그러게 누구……?" 그쪽에서 한참을 설명한 후에야 알았다

　"아유～ 그래, 순조구나! 권 순조 맞지? 이게 얼마만이냐?"

　"그러니까 50년도 넘었지. 친정어머니가 돌아가셔서 고향에 왔는데 내 동생하고 동창인 네 동생이 여기 왔기에 네 소식을 물어서 전화하는 거야."

　"그랬구나! 반갑다. 그래 지금은 어디 살아?"

　"부산에 온 지 20년도 넘었어."

　"난 울산에 온 지 6년쯤 되는데 서로 이렇게 가까이 있으면서 그토록 오랜 세월을 못 만났다니, 아이들은? 언제인가 너의 남편도 공직에 근무한다고 들었던 것 같은데 퇴직하였겠구나?"

　"그래, 아이들은 결혼해서 직장 따라 가고 남편은 퇴직하고 작년에 먼 나라 가고 나 혼자 살아."

　"아유～ 남편은 왜? 우리 만나자."

"그래 한번 만나."

참으로 오랜 만에 듣는 그녀의 터프한 음성은 너무 반가웠다. 그녀의 전화를 받은 후 며칠을 50년을 뛰어넘어 어린 시절로 돌아가 혜숙이 옥희, 복순, 순자, 구자를 찾으며 설레는 날을 보내고 며칠 후 휴무를 내어 부산으로 갔다.

어떻게 변했을까? 그녀의 단발머리 소녀 적의 모습이 떠올랐다.

하얀 이를 드러내며 맑게 웃던 단발머리의 모습만 계속 떠올랐다.

우리는 53년 만에 부산 노포동 터미널에서 만나 서로 얼싸안았다.

그녀의 얼굴에서 많은 세월의 흐름을 읽을 수 있었지만 우리는 금방 12살 어린 시절로 돌아갔다. 해운대 백사장을 이 끝에서 저 끝까지 몇 번을 왕복해도 우리의 이야기는 멈추지 않았다. 7살에 이웃으로 만나 초등학교를 같이 다녔고 알콩달콩 사금파리로 소꿉장난하며 놀다가 12살 봄에 우리가 이사 나온 후에 남겨졌던 그 친구들의 소식들은 해운대 바닷가 모래알보다 더 많았다.

바다 위를 춤추듯 비행하던 수많은 갈매기도 우리의 얘기가 재미있는지 떼 지어 우리를 따라 다녔다.

넘실거리는 파도를 마주하며 술잔을 수없이 마주쳤다. 식당이모한테 "우리가 반세기도 넘는 53년 만에 만났다"고 묻지도 않는 얘기를 하며 사진도 몇 번이나 찍었다. 그리고 내가 수예점할 때 그 친구가 남편과 우리 집에 잠시 들른 적이 있었다는데 난 도무지 생각이 나질 않았다.

사람은 자주 만나야 할 말도 많다는데 우리는 7살 어린 나이에 만나 12살 단발머리 소녀시절에 헤어져서 제각기 주어진 길을 걸으며 돌고 돌아 환갑 진갑 다 지난 석양에 만났지만 반세기를 훌쩍 뛰어넘은 우리의 이야기는 끝이 없었다.

남편 만나 살면서 내 살 깎아가며 자식 키워 모두 민들레 홀씨처럼

제 갈 길 찾아가고 남편들마저도 떠나버린 지금, 우리는 원점에서 헤어져 원점으로 만났다. 그녀의 남편도 공직에 계시다가 퇴직 후 소일거리로 직장생활을 했는데 남편의 출근을 매일 거실 안에서 배웅하다가 그날따라 20층 아파트 아래 현관까지 배웅을 나가서 아들과 함께 출근하는 남편에게 손을 흔들어줬는데 두 시간 후에 심장마비로 쓰러졌다는 소식을 듣고 급하게 택시 타고 가는 도중에 돌아가셨다는 말을 들었단다. 40여 년을 알콩달콩 살다가 이별의 말 한 마디 없이 그렇게 떠나다니, 얼마나 기가 막혔을까.

그녀의 눈에 눈물이 흘러내렸다. 내가 그녀의 눈물을 닦아주었다. 그녀는 내 눈물을 닦아주었다.

모진 세월은 인생의 훈장처럼 얼굴에 피어나고 이젠 깊은 자국만 남아 눈물로 얘기하며 한사코 자고 가라는 그녀의 휑하게 빈집 같은 집에서 추억으로 밤을 보냈다.

어제만 같은 12살의 시절부터 지금까지 그 많은 세월 속에 수많은 만남과 이별의 아픔으로 우리의 모습은 변해 가고 이젠 만남보다 이별의 소식을 더 많이 접하게 되는 허망한 인생, 뚜렷한 발자국 없이 오늘을 만난 나의 황혼, 나는 어떤 모습으로 남겨진 사람들의 추억 속에서 기억 될는지…….

사진은 증거를 남기는 예술

우리 가족은 사진과 깊고 많은 연관이 있다.

내가 5,6세쯤 되었을 때 아버지는 평생 고생하시면서 모아 두었던 돈을 이자를 많이 주겠다는 어느 교회 집사한테 빌려주셨다가 몽땅 떼이고 돈 값으로 받아온 카메라에서부터 나와 사진의 역사가 시작되었다.

당시엔 카메라는 아주 귀한 것이었고 신기한 물건이었다.

아버지는 다니시던 직장을 그만두고 카메라에만 전력을 하셨으며 그 카메라는 우리 7식구들의 생계와 다섯 자녀들의 교육과 출가를 시켰다. 그래서인지 나는 어릴 때부터 카메라와 사진에 대한 관심이 많았다

컴퓨터에서 사진의 역사를 찾다가 영화에 대한 정보를 보았는데 영화가 들어오면서 사진도 함께 들어오지 않았을까 하는 생각을 해 보았다.

우리나라에 영화가 처음으로 들어오게 된 것은 1895년 12월 28일 뤼미에르 형제가 파리의 그랑 카페에서 영화를 최초로 상영한 지 4년 후인 1899년 고종 황제시대에 미국인 여행가 버튼홈슨에 의해서이고 일반에게 소개된 것은 그로부터 또 4년 후인 1903년 국내 전차 공사 시공을 맡고 있던 미국인 기술진들이 외국의 풍물을 담은 영상물을 옥외 마당에서 상영하면서부터라고 알려져 있다.

그 이후 1907년에는 서울 종로에 있는 황성기독교청년회관에서 환등기 대회가 열려 기독일대기, 태서풍경 등이 환등기를 통해 스크린에 비

추어짐으로써 활동사진이라 명명되면서 대중의 관심을 끌게 되었다. 그 때의 영화는 무성 활동사진으로 변사가 해설을 해주었는데 그 해설자 중에는 당시 공성학교 교장을 맡고 있던 월남 이상재 선생이 있었다는 점은 그만큼 당시에 영화가 신종 소개물이었음을 시사해 주고 있다고 봐야 하겠다.

사진을 두고 많은 학자들은 예술이냐 아니냐고 아직까지 논쟁을 한다지만 어떻게 보면 사진만큼 진실이 담긴 예술도 없을 것 같다.

인생은 짧고 예술은 길다고 하지 않는가.

찰나적으로 지나가는 사실의 순간들을 기록해서 오랜 역사로 남길 수 있는 것도 사진만큼 정확하고 명백한 것이 없을 것이다.

우리는 사진과 잊을 수 없는 깊은 인연이 있다. 지금부터 60여 년 전 6.25전쟁으로 사람들은 배고픔과 가난과 허기로 고생할 때 우리는 아버지 덕분에 보리밥이라도 배불리 먹을 수 있어 보릿고개를 모르고 살아왔던 것은 한 대의 카메라 덕분이었다고 생각한다.

카메라와 사진이 귀했던 시절 아버지가 날마다 공원에 가서 찍어온 사진을 구경하는 일은 명작 동화책을 보는 것보다 몇 배로 재미있는 일이었다.

아버지가 사진사지만 불편한 아버지한테 찍기보다는 엄마한테 어렵게 얻은 용돈으로 동생들을 씻기고 예쁜 옷으로 갈아입혀서 사진관으로 데리고 갔다. 그 일은 여학교 다니고 사회생활을 하면서도 늘 용돈만 생기면 동생들을 데리고 사진 찍는데 몽땅 투자를 했다.

수십 년이 흐른 지금도 어쩌다 집안에 행사가 있을 때 흩어져 사는 동생들을 만나면 오남매가 같이 사진을 찍고 싶어진다.

54,5년 전에 막냇동생이 태어나기도 전에 찍었던 사진과 막내가 태어나고 3살 때쯤에 내가 안고 찍은 사진들이 점점 희미해 갈수록 그리

움은 짙어가고 어머니 돌아가신 뒤로 가끔은 누나의 존재를 잊은 듯한 동생들에게서 서운함이 가슴 밑바닥에서 강을 이루기도 한다.

내 아이들 삼남매 키울 때는 겨우 걸음마를 배울 때부터 대학졸업 할 때까지 놓치고 싶지 않은 순간들을 사진으로 기록했다가 영상을 만들어 삼남매 각자의 앨범을 만들기도 하고 결혼할 때는 각자의 앨범을 주기도 했다.

시간적 여유가 있었다면 배울수록 정직하고 신비스러운 사진에 대해서 더 많은 공부를 했을 텐데 하는 생각을 할 때가 많다.

요즈음같이 사람마다 가지고 있는 손전화기에서 편리하게 휴대폰으로 찍혀지는 사진들은 그냥 기념으로 찍었다가 휴대폰 속에서 사라질 때가 많다. 제대로 된 카메라로 눈비 오는 날 가리지 않고 몇 날 며칠을 기다렸다가 순간적인 찰나에서 건진 하나의 작품은 작가를 흥분시킨다. 그것이 사진작가의 매력일 것이다

그래서인지 나의 큰 남동생 역시 그 매력을 잊지 못하고 바쁜 공직 생활 속에서 취미 이상의 사진작가로 활동을 하면서 틈틈이 강의도 한다. 물론 대상도 여러 번 탔으며 대통령상까지 탔다.

봄이 오는 문턱에서 아름답게 피어나는 아지랑이를 잡는다든가 풍요로운 가을 들판에 노적가리 밑에서 잔치를 벌이는 생쥐들의 이벤트를 놓치지 않는 일, 얼마나 멋스럽고 로맨틱한 취미인가.

현실에 얽매여 각박하게 살고 있는 사람들의 생활 속에 자신만의 눈으로 정확하고 찰나의 신비스러움을 찾아낸다는 건 쉽지 않은 일이다.

짜릿한 순간의 포착을 여유롭게 담을 수 있는 동생이 가끔 부럽기도 하다.

그녀의 가슴엔 큰 고래가 살고 있었다

젊은 시절부터 늘 일을 하다 보니 생활이 자유롭지를 못했다.

꼭 가야 할 모임에도 참석을 못하는 경우엔 미안함과 안타까움도 많았다. 울산에 와서도 이어지는 나의 인생 전체가 같은 생활이라는 생각이 들 때가 있지만 때로는 작은 인연에 따라서 리듬이 달라질 수도 있다. 날마다 만나는 많은 인연들, 나는 그들에게 최선을 다하려고 노력한다. 잠시 스쳐가는 알바생들이나 직원들의 짧은 만남까지도 허술히 생각지 않는 것이 나의 많지 않은 장점 중의 하나다.

그동안 수많은 직원을 만나면서 아직까지 크게 마음 상한 일은 없었으니 그들의 의견에 충실하기 위한 나의 노력 덕일 것이다.

모두 아직까지 가끔 생각나는 고마웠던 사람들이지만 지금 나를 도와주는 직원 역시 나의 바쁜 일정을 불편함 없이 맞춰 주는 진심을 느낄 수 있는 사람이다.

가게 위치상 주중에는 거의 손님이 없어 지루할 때가 많은데 그녀는 고객 없는 주중이 더 바쁘다. 청소하기 어려운 냉동고며 모든 서랍이나 보관함은 차렷! 열중 쉬어 한 군인들처럼 깔끔하게 정리 정돈되어 있다. 하기야 그런 일은 그들이 당연히 해야 하는 일이지만 세상엔 당연히 해야 할 일을 제대로 안 하는 경우가 더 많기 때문에 그의 진심과 부지런함이 돋보이는 것이다.

덕분에 오랫동안 참석하지 못했던 친정어머니 제사에 편한 마음으로 가게 되었다.

언제부터인가 친정이나 고향은 내게 가슴 설레게 하는 향기 짙은 단어가 되었다. 울산에 산다고 바로 옆이 바다도 어시장도 아니지만 구순이 넘은 친정아버지와 친구가 있는 고향 갈 때는 뭔가 특별난 걸 들고 가고 싶은 마음은 어쩔 수 없다. 지난밤 늦도록 잠 못 이루며 생각했던 아버지가 아직 못 들어 보셨을 것 같은 해산물과 과일을 사기 위해 새벽 일찍 시장엘 갔다. 바다를 그대로 옮겨놓은 듯 생동감 넘치는 어시장은 이미 한낮의 풍경이다.

전복, 해삼, 대게, 대하까지 웬만한 것은 거의 사다 드렸기에 이제는 좋아하시는 것으로 골라야 하는데 뭘 사야 할지 순간의 행복한 고민도 있지만 이번은 어머니 제사인 만큼 조기와 모처럼 만나는 동생들과 나누어 먹을 싱싱한 해산물을 사야겠다.

그리고 똑같이 친구들 것도 한 박스씩 샀다.

짧은 일정이라 친정에서 하룻밤을 자고 다음 날은 친구들을 만난다. 친정어머니가 돌아가신 후 어머니 대신 가슴으로 들어온 고향 친구들을 만나는 것이 큰 위로가 된다.

"부모 팔아 친구 산다."고 50년 이상을 한 동네에서 살아온 친구들은 고향을 그릴 때마다 떠오르는 주인공이다.

친구뿐 아니라 반겨주는 친구의 남편들까지도 반갑다. 친구들과 같이 있는 시간은 어찌 그리 빨리 가는지 벌써 거실 깊숙이 어둠이 깔리고 전등이 켜졌다. 저녁은 주단 하는 친구 남편이 예약해 준 정갈한 회 식당에서 하고 오랜만에 모두 노래방에도 들렀다가 늦은 밤에 친구들과 헤어지고 나는 의상실 하는 친구 집으로 갔다.

베개를 들고 다른 방으로 가는 친구 남편이 미안한 마음도 있지만 어색하지 않고 정겨움과 고마움으로 느껴지는 건 이미 오래 전부터 봐왔던 모습이기 때문이다.

우리는 그동안 못했던 이야기로 밤을 새웠다. 그 친구는 7살에 친정어머니가 돌아가시고 새어머니한테서 이복동생異腹同生 4남매까지 모두 8남매 중 세 번째로 태어나 어려웠던 환경 속에서 자랐다. 결혼하고 시어머니가 며느리 좋아하는 파전과 쑥떡을 해서 가져오셨을 때 처음으로 부모의 정을 느꼈다니 그녀의 어렸을 때의 외로움과 마음고생은 말하지 않아도 알 것 같아 눈시울을 적시기도 했다.

여러 남매와 계모 밑에서 많이 배우지 못한 그녀는 말이 없고 조용했으며 손에는 늘 신문이나 책이 쥐어져 있었고 부지런함과 지혜로움이 돋보였었다. 그 덕분에 일찍부터 기술을 배워 패션디자인 의상실과 유명 메이커 학생복 대리점을 운영하면서 빠르게 성공했다.

그들 부부는 어려웠던 지난날을 잊지 않고 그녀는 모란로터리클럽 회장을, 남편은 영주로터리클럽 회장을 맡아 봉사활동을 생활화하고 사회에 기부하는 걸 좋아했다. 어렵고 외로웠던 친정에서 성실한 신랑 하나 보고 여러 남매의 종갓집 맏아들과 결혼해서 시부모님을 대신 시동생 시누이들을 공부시키고 결혼까지 시켰다.

그뿐 아니라 친정어머니 정을 심어준 시어머니가 돌아기시고 몇 년 후 외로운 시아버지를 몇 번의 선을 봐 조신한 여인을 택해 혼인을 시켜 드렸고 다음 해엔 큰 회관을 빌려 새 시어머니 회갑까지 해드렸다. 그때 친구들은 좀 의아한 생각도 했다. 그런데 3년도 못 가서 시아버지마저 돌아가셨다. 하지만 새로 맞은 시어머니를 20여 년이 넘는 지금까지도 철따라 새 옷을 해드리며 지성으로 모시니 세상에 그녀 같은 착하고 아름다운 인생이 또 있을까 싶다.

어렵고 막연했던 인생 황로荒路에서 종갓집 맏며느리가 되어 한 달에도 몇 차례 드는 조상 제사까지 지성으로 챙기는 그녀에게 "이렇게 바쁜 교복 철에 어떻게 그 많은 제사를 차릴 수 있느냐."고 물었을 때 "맏이가 아니면 하고 싶어도 못하잖아, 이것도 복이라고 생각하니 감사하지." 하고 웃으며 대답했다. 언제나 긍정적인 그녀는 어려움을 묵묵히 극복하는 충실한 사람이다.

50여 년을 한결같이 허물없이 지내온 친구지만 존경심을 갖지 않을 수가 없다. 지성이면 감천이라던가! 그녀의 그런 헌신적인 바른 삶은 자녀들에게 복으로 돌아와 그녀의 노년은 행복하기 이를 데가 없다.

몇 해 전 영주 곳곳에 현수막이 걸렸었다.

그녀의 막내아들이 사법고시에 합격한 것이다.

모두 서울에 살고 있는 사남매의 자녀 중 큰딸은 명문대를 나와 같은 출신의 엘리트 신랑을 만나 아들 형제를 키우며 서울 모 언론사의 주요 직으로 일하고, 둘째딸은 서울 어느 여학교 영어교사로 교직에 근무하다가 지금은 자녀교육을 위해 미국으로 가 아이들과 함께 유학중이고, 셋째아들은 약사가 되어 치과의사를 만나 결혼해서 한 건물에서 약국과 병원을 하고 있으며, 막내아들은 사법고시에 합격해서 변호사 며느리까지 데려왔으니 그보다 더한 경사가 어디 있는가.

자식들이 변호사 부부에, 의사 약사 선생님 언론인이라니 누가 이보다 더 행복할까.

사남매는 모두 일곱 명의 손자손녀들을 그녀에게 안겨주었다.

나 역시 "어려움을 겪을 때 주위 사람들의 진심을 안다"던 말을 체험으로 그녀에게 배웠다. 어느 날 갑작스런 이변을 감당할 수 없어 나는 스스로 누에고치처럼 자신을 가두었던 때가 있었다. 손전화기 샀던 날부터 20여 년이 되도록 한 번도 바뀐 적이 없는 전화기를 가족과 친구들 모두에게 연락을 않겠다고 전화기까지 꺼 버렸었다.

깊은 밤엔 무슨 마음이었던지 받지도 않는 전화기를 열어보며 아무도 모르는 혼자만의 외로움과 서러움을 마시며 사는 동안 지난날을 돌아보는 시간이었기도 했다.

사촌언니 곁에서 돌아가신 어머니만 생각하며 친구들이 기계음이 나올 때까지 받지 않는 나의 휴대폰에 수차례 번호를 남기며 젖은 목소리를 남겼다.

"어디 있어도 몸만 건강해"라는 음성 메시지는 빙하 같은 가슴에 뜨거운 온기가 돌게 했으며 어쩌다 통화를 하게 되면 그들의 물기 어린 야단과 목소리는 따뜻한 어머니의 목소리로 들렸다. 친구의 유도신문에 내가 있는 곳을 말하게 되면 바쁜 일 제쳐두고 다음날로 남편과 나를 찾아와서 말했다.

"세월이 약이라고 하잖아. 건강만 하면 언젠가는 내가 부러워했던 그 멋지던 너의 본래의 모습으로 돌아올 거야, 모든 상처는 아물게 되어 있어."

애잔한 아쉬움을 남기고 떠난 지 얼마 후 그녀에게서 전화가 왔다.

"잘 먹고 놀다 가네. 화장대 위에 책 들어봐, 뭐라도 맛난 거 사먹고 기운 차려야지 또 갈게."

사람이 살면서 진실한 친구 한 사람만 있어도 성공한 인생이라고 했듯이 어렵고 외로울 때 찾아주던 그 친구가 있기에 나는 성공한 인생이다.

철들고 평생 이사를 안 해 봤던 내가 낯선 곳에 와서 몇 번의 이사를 할 때마다 그 먼 곳까지 찾아와 힘을 주고 용기를 주던 친구, 그들은 피붙이보다 더 진한 우정을 보여줬다.

지난 초여름 친정아버지가 하얀 모시옷을 입고 자전거를 타고 지나가실 때 일부러 뒤따라 와서 말을 붙이며 맛난 거 사 드시라고 용돈을 주더라며 아버지께서 나에게 전화를 하셨다.

그녀가 나에게만 특별나게 하는 것도 아니고 돈이 많아서 하는 일도 아니다. 노인 섬기는 습관이 그녀의 착한 성품일 것이다.

"마음이 가면 물질이 간다."고 생활이나 환경은 모든 사람이 부러워할 만큼 안정되고 편안한 노후를 보내시는 나의 아버지께 자신의 부모님과 지난날의 그리움을 느꼈을 것이다.

내가 책을 출판했을 때, 그녀는 전화로 자녀들과 가까운 지인들에게 선물하겠다며 책 좀 많이 보내달라고 했다.

작가가 책 한 권을 세상에 내놓기까지의 많은 경비는 두고라도 시간과 정신적인 에너지와 가슴속 깊은 산고의 고통은 말로 할 수 없다. 그렇게 작가의 고통을 통하여 책은 태어난다.

하지만 세상에 태어난 책은 어떤 대우를 받는가. 빛도 못 보고 그대로 서점 책장에서 먼지를 들쓰고 늙고, 비에 젖은 신문지 조각보다 못한 취급을 받을 때도 있다.

어쩌다 베스트셀러가 되어 많은 인기와 사랑을 한 몸에 받는 일도 있지만 그건 하늘의 별따기로 쉬운 일이 아니다. 모두를 알고 있는 작가들이나 가까운 지인들은 출판기념회를 할 때 축의금이나 화환을 선물하며 그동안의 노고에 대한 격려와 축하를 해주기도 하지만 주위 사람들에게는 거저로 주고받는 게 책과 저자의 인심이다.

그런데 그녀는 그런 매너를 어떻게 알았는지 책을 붙여달라고 하면서 기어이 계좌번호를 물었을 때 입금하고 싶으면 조금만 입금하라고 했는데 정가보다 많은 액수를 입금하여 나를 놀라게 했다.

그녀가 어렵고 외로웠을 때 나는 친구로서 무엇을 얼마나 살갑게 해주었는지, 젊은 날 부모님 덕에 그녀보다 조금 나은 생활에 폼 잡으며 부끄럽게 살지는 않았는지, 새삼 지난날을 돌아보았다.

환갑진갑을 넘긴 그녀는 지금도 사업을 하면서 문화센터에서 한복에 대한 강의를 하고 있다. 동네 젊은이나 누구를 만나도 먼저 고개를 숙이며 인사를 건네는 그 몸에 밴 겸손은 그녀의 삶 자체인 것 같다.

그녀의 가슴속에는 넓은 바다를 자유롭게 헤엄치는 큰 고래가 살고 있다.

눈물의 무게

비 오는 어느 날 한가한 오후였다.

3층 주차장에서 모자인 듯한 체격 좋은 두 분이 들어왔다. 어머니는 80대로 보이고 아들은 50대로 보였다.

육중한 체격에 다리가 많이 불편하신 어머니를 한 손으로 부축해 오는 아들의 모습은 부축이라기보다 죄인을 붙잡고 경찰서로 가는 사람의 모습이었다.

아들에게 끌려오는 어머니의 모습은 침통하고 얼굴에 땀이 흐르고 통증에 고통스러워 보였다. 화장실은 코너를 지나서도 한참을 가야 하는데 코너에 있는 우리 가게 앞에 세워놓고 "저리 가면 된다." 하고 아들은 어머니의 팔을 놓아버렸다.

그 모습을 보던 나는 놀라서 아들한테 "화장실까지 모셔다드리지," 했더니 아들은 경상도 특유의 거친 목소리로 "그냥 둬 버리소! 그렇게 수술하자캐도 말을 안 들으니……."

나는 아들의 불순한 말을 듣고 우리 가게에 매달려 무표정하게 있는 어머니를 부축을 해서 화장실까지 모셔다 드렸다. 그리고 밖에서 기다리는 동안 다리가 많이 아파 고생하시던 친정어머니 생각을 했다.

나는 힘겹게 걸음을 옮기는 그 어머니를 주차장 앞에서 기다리는 아들에게 모셔다 드렸다. 아들은 다시 절룩거리는 어머니를 죄인 끌고 가듯이 한손으로 팔을 끌고 앞장서서 뭐라고 지껄이면서 주차장 안으로 사라졌다.

나는 그 모습을 보면서 한참 동안 가슴이 아렸다.

나의 친정어머니도 다리가 아프셨는데 나 역시 그 아들의 모습은 아니었을지, 만약 그 아들이 다리가 아프다면 그 어머니는 어떠했을까. 밤낮으로 근심하며 온갖 약을 다해 주고 업고라도 화장실 안까지 데려다 주었을 것이다.

그리고 수술할 병이라면 어떻게 달래서라도 수술을 해주고 정성을 다했을 텐데 그 아들도 어머니께 수술을 건했지만 어머니가 안 하신다고 했던 모양이다. 그 어머니도 수술해서 잠시라도 고통 없이 살고 싶었을 것이다. 하지만 자식들에게 폐를 끼치고 싶지 않아서 거절했을 수도 있고, 나이 핑계 대며 포기했을 수도 있었을 것이다.

자식이 정말 어머니가 걱정이 된다면 어떻게든 어머니 마음을 편하게 해서 병원으로 모시고 갈 수도 있을 텐데, 자식들에게 폐 끼친다고 생각하여 거절하였다면 "어머니, 요즘은 80세 이상 노인에게는 나라에서 무료로 수술해 줍니다." 하고 선의의 거짓말이라도 하였더라면 어떨까.

그리고 무서워하는 노인에게 "잠시 편하게 한잠 주무시고 일어나면 사시는 동안 통증 없이 편하게 사실 수 있다"고 안심을 시켜드리면 수술하실 수도 있지 않았을까. 나 혼자 별생각을 다해 보면서 그 아들의 불손한 모습이 또 생각났다. 저러고도 어머니 돌아가시면 "내가 그토록 수술하자고 해도 말을 안 듣더니" 하면서 눈물이라도 흘릴는지.

"부모 생전에 불효한 자식이 돌아가신 뒤에 후회하며 통곡한다."는 말이 있다. 요즈음 자식들은 모두 효자들뿐인지 부모님 돌아가신 장례식장에서 정말 슬프게 우는 자식을 별로 못 본 것 같다.

어느 방송 시 월드라는 토크쇼에서 불효한 자식은 자기가 뭘 불효했는지조차도 모르지만 살아생전에 효를 다한 며느리나 자식은 효를 다하고도 잘못했던 것만 생각하고 괴로워하며 목 놓아 운다고 했다.

연속극에서 연예인들이 흘리는 가짜 같은 눈물도 그 장면을 찍을 때는 마음속으로 가장 가까운 사람과의 이별이나 돌아가신 부모님이나 그리운 친구를 떠올렸을 것이다. 이웃 사람도 평소에 정이 든 사람이 돌아가시면 눈물이 난다. 마음에 두었던 사람이나 정이 깊을수록 그 애통함과 아픔은 더할 것이다. 감정이 없고 사랑이 없다면 절대로 만들어낼 수 없는 게 눈물일 것이다

가까운 형님 한 분은 육남매에 둘째며느리지만 남편도 없이 시어머니를 오랫동안 모시고 살면서 자신도 며느리에 손자까지 본 후에도 늘 친구처럼 친정어머니처럼 극진히 돌봐드렸다. 언제나 모녀 사이가 되어 손잡고 마트에도 가고 재래시장도 가며 우리 가게에 오셔서 아이스크림도 맛나게 드셨던 모습을 보고 부러워했던 적도 있고, 복지관에도 모시고 와서 의자에 앉혀놓고 며느리의 고전 춤 배우는 모습도 보이면서 효도를 다하셨다.

물질적으로 잘 하기보다 마음을 편히 해드리고 즐겁게 해 드리는 게 진정한 효도라는 것을 보는 사람들로서 느끼게 하셨고 시어머니 돌아가시고 애통함에 목 놓아 소리 내며 흘리는 눈물은 딸들 이상의 서러움으로 문상객 모두를 울렸다

그토록 효성을 다 하고도 늘 잘 해드렸던 것보다 잘못 했던 후회의 말만 하며 그리워하셨다. "멀리 있는 나무는 비치기만 하고 옆에 있는 나무는 부대낀다."는 말처럼 멀리 있던 자식들은 잠시 왔다가 현실로 돌아가면 그만이지만 오랜 세월 서로 부대끼며 찬물이라도 한 대접 올린 자식이 더 가슴 치며 우는 것 같다.

충주 있을 때 단골로 다니던 미장원 원장님의 말이 생각난다.

　7남매의 자녀들이 날을 맞춰서 시어머니 사셨던 고향으로 밤을 털러 가자고 약속을 하고 모두 큰집으로 모였는데 한사코 팔순 시어머니가 따라 가시겠다고 하셔서 큰 시숙이 큰소리로 "날씨도 서늘하고 몸도 불편한데 집에 편하게 계시라"고 하니 시어머니도 아무소리 안 하시면서 그냥 혼자 집에 계셨는데 "어른들도 때로는 고집을 너무 부린다."는 것이다. 나는 원장님께 "시어머니가 당신 살던 고향을 얼마나 가고 싶었던 건 생각 안 해 봤느냐." 하고 싶었다.

　늦가을 날씨가 조금은 쌀쌀 할 수도 있지만 양지바른 곳에 자리라도 깔고 따뜻하게 모자와 옷을 입혀서 당신 살던 고향집에서 자식들과 손자들 다 모여 웃으며 밤도 털고 이야기하며 놀고 싶은 어머니 마음을 고집으로만 여기는 자식들……. 옆에 있던 젊은 엄마는 "어른들을 모시고 살면 아이들 교육을 버리는 것 같다"기에 이건 또 무슨 말인가 싶었는데 다음 얘기가 기막혔다.

　같이 살고 있는 시어머니만 혼자 두고 애들하고 남편과 자기 가족만 밖에서 고기를 구워먹고 아이들한테는 "집에 가서 할머니한테 고기 먹었다는 말 하지 말라."고 거짓말을 시켜야 하기 때문이란다.

　아! 참으로 괘씸하기 짝이 없는 말이 아닐 수 없다. 그 아이가 엄마를 보고 자라면 장차 자기한테도 그대로 할 것이라는 건 생각 못해 봤는지? 자기네들만 편하게 외식을 하고 싶을 때도 있겠지만 그때는 아이들 보는 데서 처음부터 주인한테 "할머니 드리게 연하고 맛있는 걸로 이 인분만 포장해 두었다가 우리가 갈 때 주세요." 했다가 집으로 가서 상을 차려드리면 얼마나 아름답고 자식들에게 좋은 본보기 교육이 될까. 엄마의 그런 모습을 보고 자란 아이들도 장차 그런 자식이 될 것 아닌가. 요즘 젊은이들은 그런 것조차 신경 쓰기 싫어 부모와 함께 살려고 하지 않는 것이 문제다.

참으로 효孝와 불효不孝의 참 뜻이 어떤 것인지 어떻게 하는 것이 진정한 효인지를 부모의 몸소 실천하는 모습이 아이들에게 참교육이 될 것이고 바로 자기의 먼 훗날을 예비하는 교육이 될 것이다. 나에게도 구순이 넘으신 아버지가 계시다. 하지만 늘 마음 따로 현실 따로의 생활을 벗어나지 못해 늘 죄송한 마음이다.

장차 아버지 돌아가셨을 때 내 눈물의 무게는 얼마나 나갈까? 죄송한 마음이 무겁다.

친정아버지

　어둑어둑한 하늘에서 굵은 빗방울까지 떨어지는 초저녁 같은 아침 출근길이다.

　며칠 전 친정을 다녀온 후부터 계속되는 불면증으로 잠을 설친 탓인지 뭔지 모를 정서불안 같은 현기증이 났다.

　오후가 되자 바람을 동반한 폭우가 마트 내 주차장까지 뛰어들었다.

　이유 없는 불안감이 몰려왔다. 그때, 매일 듣던 손전화기 소리가 방정맞을 만큼 크게 들려 깜짝 놀라며 전화기를 들었다. 전화기에는 남동생 이름이 적혔는데 직감적으로 불길한 예감에 심장이 내려앉는 소리와 동시에 남동생의 알아들을 수 없는 울부짖는 소리 속에 "누나, 빨리 와 봐야 할 것 같네."는 가슴에 비수처럼 꽂혔다.

　전화기는 땅으로 떨어지고 나는 그 자리에 주저앉았다.

　아~ 아버지, 가엾은 내 아버지!

　하고 속울음을 터뜨렸다. 눈물이 주체할 수 없게 쏟아졌다. 일요일이라 북적거리는 고객들은 이상한 눈으로 나를 힐끔거리며 지나갔다.

　더 이상 가게에 있을 수 없어 매니저한테 상황을 전화로 말씀드리고 휘청거리는 몸을 겨우 가누고 집으로 왔다. 고향 가는 버스가 모두 종료되어 밤 11시 50분 마지막 무궁화 열차를 탔다.

　며칠 전 아버지를 모시고 친구가 데려다준 장어 집에서 점심을 같이 먹는 동안 갑자기 야위어진 아버지의 모습이 가슴에 돌을 올려놓은 듯 가슴 언저리가 무거웠다.

돌아오는 버스가 한참 영주를 벗어난 후에야 좋은 영양제 주사라도 맞혀드릴 것을 하는 생각이 들어 흐려진 정신을 탓하며 버스 안에서 막냇동생과 여동생한테 아버지께 꼭 영양제 주사를 부탁하며 울산으로 왔었는데……

걷잡을 수 없이 흐르는 눈물을 참을 수가 없어 창밖으로 고개를 돌렸다. 칠흑 같은 창밖에는 가끔씩 스치는 불빛 사이로 폭우가 번개 빛을 내며 쏟아지고 있다. 차창에 기대어 눈을 감으니 친척들과 친정어머니한테 가끔 듣고 옆에서 보며 살아 왔던 아버지의 일생이 영상처럼 떠올랐다.

아버지 태어나실 땐 할아버지가 경북 봉화에서 한 고을을 이루는 경주 최 씨 문중 부잣집 양반 댁의 둘째 자제로 태어나셨다. 하지만 아버지의 첫돌도 지나기 전 친할머니가 돌아가시고 새 할머니가 들어오시면서 아버지의 운명은 바뀌고 말았다. 계모 밑에서 젖배까지 곯아야 했다. 그 와중에 설상가상으로 아버지 11살쯤에 할아버지마저 돌아가시자 많은 토지와 재산은 친척 어른들이 관리해 준다는 명목 아래 사랑채로 들어오면서 부잣집 양반 댁 어린 동자는 순간적으로 천하에 고아가 되어 머슴처럼 밤낮으로 황소같이 일을 하고도 늘 배를 곯았다고 했다.

일제 강점기에 큰아버지의 무명 두루마기를 빌려 입고 15세의 어린 어머니와 혼례를 올리고 한 달도 못 돼서 보국대에 붙잡혀 갔다가 해방되고 일본에서 백화점 점원 일도 하고 등짐장수도 하시다가 5년 만에 고향으로 돌아왔지만 조금도 달라지지 않았던 현실에 아버지는 분가를 원했지만 큰 머슴을 잃게 된 어른들은 아버지를 배신으로 몰아 맨몸으로 쫓아냈다고 했다. 양반 댁 자제가 맨몸으로 쫓겨나 외가 동네 움막 같은 빈집에서 살았다고 했다.

생전에 어머니는 가끔 "그때 맨몸으로 쫓겨나와 고생은 했지만 지금 생각해 보면 그런 다행이 없다"고 하셨다. 적당히 재산을 주고 살라고 했더라면 지금이 있었겠느냐는 말씀을 덧붙였다. 하지만 시대적인 비극은 다시 아버지를 6.25 전쟁터로 나가게 했고 어머니 혼자 외가의 보살핌을 받으며 나를 낳고 이리저리 피란을 다니시며 키웠다.

전쟁터에서 구사일생으로 살아 돌아오셨을 때 어머니는 어린 딸을 안고 아버지를 맞으셨고 돌 지난 딸의 모습을 처음 보신 아버지는 그때 처음으로 자신에게도 희망이 있음을 깨달았다고 하셨다. 그리고 시내 건영화물 직원으로 취직도 하셨다.

내 나이 7살이 되고 두 동생이 태어났을 때 아버지는 다섯 식구를 데리고 시내로 이사를 하셨다. 외할아버지와 외할머니의 모습은 지금도 생각난다. 외할아버지는 요즘 사극에서 양반으로 분장한 배우 같은 모습이셨다. 늘 큰 갓을 쓰고 하늘거리는 도포자락을 바람에 나부끼며 길고 하얀 수염을 쓰다듬으면서 우리 집에 오셨던 모습이 아직 머릿속에 또렷하다.

외할머니는 천생 양반 댁 안방마님으로 동백기름 바른 쪽머리에 은비녀 꼽고 늘 조용히 웃는 모습이 우리 어머니가 외할머니를 그대로 닮은 것 같았다.

그때부터 아버지는 일한만큼 모아지고, 아끼는 만큼 쌓인다는 걸 깨달았고 오로지 돈을 벌면 모으기만 하셨다.

자식들만큼은 당신처럼 배곯지 않게 한다는 일념으로 오로지 자식들을 위한 천하에 구두쇠로 일생을 보내신 것 같다.

나는 늘 구두쇠 아버지를 못마땅하게 생각했고 여동생은 "우리 아버지는 연구 대상"이라고 했다. 결혼을 하고 내 아이들을 키우면서 아버지를 이해할 때 나는 세상에서 가장 못된 딸이었음을 깨달았다.

아버지는 돈을 쌓아 놓고도 안 쓰는 사람처럼 평생 구두쇠로만 밀어붙였으니 작은 땅 한 평 없이 순수한 아버지 혼자만의 노동에서 나오는 적은 수입으로 일곱 식구 먹이고 입히고 건사하며 똑똑한 자식들은 타지에서 공부시켰던 아버지, 국비장학생이지만 미국 유학까지 보내셨으니 그 고민이 얼마나 많으셨을지.

아버지의 맏딸로 평생 아버지를 옆에서 보며 자랐지만 아버지 연세 94세가 되도록 당신 자신을 위해서 술은 고사하고, 껌 하나 사서 드시는 모습을 본 적이 없다. 하지만 당연히 써야 하는 학교 등록금이나 쌀 같은 건 누가 말하지 않아도 제일 먼저 해결하셨고 쌀과 연탄만 있으면 부자인 시절에 우리 집엔 짚으로 된 몇 개의 쌀가마니가 늘 좁은 방 윗목에 놓여 있었다.

덕분에 남들이 보릿고개를 겪을 때 우리는 보리밥이라도 배고픔을 모르고 살았다.

아버지는 60세초에 이미 영주시청(당시 군청)에서 모범 시민 상을 타셨다.

우리는 지금까지, 아니 영주에서 오래 살았던 사람들이라면 모두 아버지의 흐트러진 모습을 본 적이 없을 것이다. 그러니 그 자식들이 잘 못될 일이 없지 않겠는가.

오남매의 자식들과 12명의 손자를 보셨으며 자식들은 모두 사회의 인정받는 중년이 되었고 손자들은 공직생활 하는 손자들과 박사논문 준비를 하는 손녀, 그리고 손자 손녀는 우리나라에서 첫째로 손꼽는 서울대학을 다니기도 하고 이미 그 대학을 졸업하고 국제 변호사에 합격되었을 때 참을 수 없는 웃음을 헛기침으로 대신하며 좋아하시던 아버지,(그

때 「누구의 손자 ○○국제 변호사에 합격하다.」라고 고향에 현수막이라도 몇 개 달아 드렸으면 아버지가 얼마나 좋아하셨을까.) 그 후 변호사 손부까지 데리고 왔으니 아버지의 희생은 결코 헛되지 않았다.

94세가 되도록 작은 지병 하나 없이 매일 자전거를 타고 시내를 달리셨는데 2016년 7월 3일 이른 저녁 드시다가 사례가 걸려 밥알이 기도를 막아 아버지는 94세로 생을 마감하셨다. 식사하시다가 갑자기 재채기와 사례로 숨을 못 쉬었을 때 얼마나 괴롭고 고통스러웠을지, 그때 누구라도 빨리 등을 두드리거나 물이라도 마시게 했더라면 어떠했을지.

재채기와 사례로도 사람이 죽을 수 있다니. 믿을 수 없는 아버지의 죽음을 인정할 수밖에 없는 현실에 나는 냉동영안실에서 편안히 누워계시는 아버지에게 마지막 인사를 하러 갔다. 아버지의 얼굴을 만지는 손끝에 싸늘한 냉기가 느껴졌지만 단정한 모습은 평화스러웠다.

평생을 오로지 자식들만 위해 살아오신 우리 아버지, 세상의 좋은 것 한 번도 부러워하거나 탐내지 않고 늘 당신의 노력만큼의 속에서 행복을 찾으셨던 아버지. 이렇게 빈손으로 떠나실 걸. 왜 그토록 구두쇠로 사셨는지, 가엾은 우리아버지.

염한다고 우리 오남매는 모두 영안실로 갔다. 나는 주머니에 있는 돈을 모두 꺼내어 아버지의 가슴을 덮어 드렸다. 이승에서 아끼던 돈 저승길 노자라도 넉넉히 드리고 싶었다.

우리들만을 위해 허리띠 졸라매신 아버지는 싸늘한 영안실에 계시는데 나는 배가 고파 국에 밥을 말아 한입 물어 넘겼다.

지난밤까지 그토록 쏟아지던 비는 발인 날 아침이 되자 맑은 하늘에서 해가 떠올랐다. 아버지는 6.25참전용사로 20년 동안 땅속에서 많이도 외로우셨을 어머니까지 모시고 영천 국립묘지에 안장되셨다. 그 후 내 눈물도 걷혔는데 이 글을 쓰는 동안 계속 흐르는 뜨거운 눈물은 아버지의 가엾은 일생이 아닌 존경과 불효의 아픔에서 눈물이 나고 그리워진다.

나라에 충성하고, 아버지의 자리에서 어머니까지 모시고 가시는 남편의 자리까지, 멋스러운 우리 아버지, 부디 돈이 필요 없는 복된 세상에서 어머니와 함께 행복하소서……

유서 쓰기

"형님, 오늘 날씨도 좋은데 모처럼 바닷가로 가요."

"그러려고 불렀지?"

여느 때와 달리 형님은 미소를 띠었지만 목소리가 차분하여 뭔가 우울해 보였다.

복지관에서 요가를 배우면서 만난 형님이다. 늘 교양 있고 지적인 외모와 곱게 주름진 모습엔 귀티가 났다.

형님은 남편이 중 고등학교 교사 생활을 하다가 퇴직하고 2년 만에 후두암으로 수술까지 하고 오랜 고생 끝에 돌아가시고 지금은 삼 남매 모두 손자까지 보신 분이다. 누가 봐도 다복해 보이는 귀부인이었다.

나보다 6년이나 위인 형님은 선글라스를 끼고 운전을 하였는데 옆모습은 아직도 활기찬 청춘이었다.

"아유, 형님. 형님은 아주 젊고 멋져요~ 누가 보면 저보고 언니라고 하겠어요."

"자네도 운전 면허증 있다고 했지. 내 차 줄 테니 주행 연습만 조금해서 타고 다녀."

"에구, 형님. 나도 차 정도 살 돈은 있어요. 어리바리한 내가 차를 운전하고 다니면 아이들이 온전하게 일을 못할 것 같대요. 그런데 형님, 왜 그런 말을 해요. 어디 멀리 떠날 사람처럼."

"……. 가야지. 언제인가는 모두가 가는 길이고 조금 일찍 가고 늦게 가는 것뿐이잖은가."

오늘 따라 형님의 멋진 옆모습에서 외로움의 그림자가 스쳤다.

"자네 내 부탁 한 가지만 들어줘. 오늘 맛난 거 많이 사줄게 자네는 작가니까 유서 한 장만 써주게. 이상하게 생각할 건 없고 미리 써 두자는 거니까."

나는 애써 놀라움을 눌러가며 "아이구, 형님. 언제쯤 돌아가시게? 그리고 유서는 본인이 써야지 다른 사람이 써주는 게 어디 있어요?"

"내가 말하는 대로 자네가 쓰면 되잖아. 나중에 다시 내가 편집하면 되고."

형님의 진지한 모습은 그냥 해보는 소리만은 아닌 것 같았다.

"그래요, 그런 건 건강할 때 미리 써 두는 것도 좋을 것 같아요. 그럼 저도 쓰면서 형님 것도 써 볼게요."

그리고 나 역시 며칠 전 저녁에 별로 먹고 싶지 않은 밥을 먹고 밤새도록 토하면서 이대로 죽는 건 아닌가 하는 생각도 하면서 평소에 유서를 써 두는 것도 좋을 것 같다는 생각도 한 적이 있었다.

형님은 교육자이셨던 친정아버지 밑에서 곱게 자라 역시 교육자였던 남편을 만나 아들 형제와 딸 하나, 삼남매를 두셨다. 소박하고 평범하게 보이는 형님이지만 외모에서 묻어나는 귀티는 타고난 것 같았다.

평소에 말수가 적은 형님은 자식들 자랑인지 칭찬인지 흉인지 알 듯 모를 듯한 말을 한 마디씩 할 뿐이다. 내 보기에는 학처럼 고고하시다.

큰아들 내외는 공무원이고, 작은아들 내외는 대구에서 서점을 운영하고, 막내딸은 브라질에서 교수로 있다고 했다.

가끔 큰며느리가 복지관으로 떡도 해 보내기도 하고 딸이 사줬다며 고급스런 옷도 입고 올 때도 있었는데 형님의 오늘 모습은 어딘가 낯설었지만 같은 나이 든 입장에서 모두가 이해가 됐다.

일산 해수욕장 앞에 차를 세워놓고 나보다 키가 살짝 큰 형님 팔짱을 끼고 바닷가를 거닐다가 바다를 마주보고 모래사장에 앉았다. 파도가 반갑다고 하얀 꽃다발을 안고 달려왔다가 돌아갔다.

"인생의 피크는 아이들이 해수욕장 가자고 졸라대고 뭐 사달라고 졸라대던 그때가 제일 즐거웠어. 세상에 부러울 게 없었지……. 나이 먹는다는 게 이렇게 허망하고 외로울 줄을 정말 몰랐어. 병든 남편이라도 곁에 있을 때가 좋아서. 얘기 상대라도 있잖아. 남편 떠나던 날 내 인생도 함께 끝나 버린 것 같아……."

나는 속으로 '형님도 나 같은 생각을 하셨구나.' 하며 먼 바다를 향해 고개만 끄덕거렸다.

시부모님 모시고 교직에 근무하던 남편과 살다가 부모님 돌아가시고 남편의 오랜 병수발로 퇴직금 거의 다 쓰고 돌아가신 후 넓은 마당에 집을 지어 작은 찻집을 하면서 용돈은 충분히 쓰며 살았는데 서점하는 아들이 두 아이들하고 바쁘기도 하고 경제적인 어려움으로 가게 운영을 도저히 할 수 없으니 좀 도와 달라고 하며 이자도 넉넉히 주겠다고 여러 차례 전화가 왔는데, 그냥 뿌리칠 수가 없어서 찻집을 전세를 뽑아 아들의 사업자금으로 빌려주고 아들집으로 들어가서 손자들을 봐주며 살았다고 했다.

그러고 몇 달 동안은 며느리가 이자인 듯 용돈을 주더니 몇 개월 후부터는 나중에 합쳐서 준다며 십 원 한 장 주지 않는다고 했다.

다른 자식들한테는 말도 못하고 마음 상한 채 2년 가까이 살다가 어느 날 며느리한테 부조할 때도 있고 쓸 데가 있으니 돈 좀 달라고 했더니 돈이 없다고 해서 마음이 상하여 밖으로 나갔는데 큰손녀가 새 자전거를 타고 있어서 웬 거냐고 물으니 엄마가 사줬다고 하더란다. 그 길로 형님은 짐을 싸서 빈손으로 집으로 돌아왔다. 가게는 전세를 줬으니 전세금을 돌려줘야 하고 당장 생활비와 차 유지비조차 어렵게 되었다며 허무하여 살고 싶지 않은 마음뿐이라고 하셨다

"형님! 그래서 자식이 원수라는 말이 있잖아요. 남편 흉은 할 수도 있지만 자식 흉은 가슴에 묻고 사는 게 부모니까요. 형님, 지금 집이 일반 주택이잖아요. 땅도 넓고 집도 형님 혼자 사시기엔 너무 크니 그걸 미련 없이 팔아서 작은 아파트로 이사 나오시고 나머지로 형님이 잘 어떻게 해보시면 어때요?"

"그 생각도 했는데……. 부모님 모시고 아이들 키우던 추억이 깃든 집이라 쉽게 결정을 할 수가 없어."

"형님, 어차피 형님 눈 감으시면 아이들이 그 집에 들어와서 살겠어요? 그러니 그렇게 해서 사시는 동안 편하게 사셔요. 앞으로 우리가 몇십 년 더 살겠어요."

이런저런 이야기를 하는 동안 바다와 맞닿은 하늘이 붉어지면서 해마가 밀려들었다. 우리는 말없이 손을 잡고 별이 쏟아지는 하늘에 마음을 던지고 모래사장을 한없이 걸었다.

하얀 무지개

고개 숙인 벼이삭 위로 바람이 일고 높아가는 맑은 하늘엔 고운 솜털 구름이 바람에 실려 하얀 무지개처럼 둥둥 떠간다.

모처럼의 새벽 산책길이 가슴까지 상큼하다. 이 맑고 상큼한 공기로 머릿속과 가슴통증으로 고통스러웠던 날들이 깨끗이 씻겨 나갈 듯 시리도록 후련했다.

어느 날부터 왼쪽 가슴과 등이 참기 어려울 만큼의 통증이 왔다. 통증이 오면 온몸을 움직일 수도 없이 괴로웠고 얼굴엔 온통 식은땀이 흘렀다.

다음날 아침 일찍 다니던 한의원에 가서 가슴과 등에 백여 번 이상 바늘로 찔러서 피를 뽑아내고 뜸질을 했다. 이유를 묻는 내게 의사선생님은 무슨 염증으로 그럴 수가 있다고만 했다.

오랫동안 치료를 받았으나 별 효과 없이 통증의 고통은 끝없이 나를 괴롭혔다. 종합병원에 가서 가슴 엑스레이까지 찍었으나 아무 이상이 없다며 처방해 주는 몇 개월 약을 먹었지만 이틀이 멀다 하고 오는 통증은 차라리 죽음을 택할 만큼 괴로웠다.

가게서는 누울 수도 없고 조퇴도 불가능했다. 아이들에게 알리면 놀라서 하던 일 제쳐두고 종합병원으로 가자는 등 법석이 날 것 같아서 내 통증을 알고 있는 친구한테만 또 전화를 걸었다.

"나……. 지금 너무 아파."

놀란 친구는,

"또 아파? 어쩌누, 내가 어떻게 해줄까?"

목소리마저 다급해졌지만 그녀가 나에게 아무것도 해줄 수가 없음을 알면서 그냥 누군가에게 전화라도 하고 싶었다. 친구는 안타까운 소리로 "내가 핫 팩을 사 보낼 게 붙여 봐. 진통이라도 멈출지." 하고 친구는 약국에서 핫 팩을 사서 킥 택배로 보냈다. 고마운 친구의 마음을 알기에 잠시 후 걱정되어 전화한 친구에게 좀 덜하다고 했지만 통증은 조금도 덜하지 않았다.

다시 다니던 종합병원 의사를 찾아가 통증을 호소했다. 그동안 가슴 사진도 찍었고 너무 통증이 심하니 혹시 갈비뼈에 이상이 있는지 찍어 봐 달라고 했는데 아무 이상이 없었다. 의사는 이번에는 백여만 원이 넘는 혈관 사진을 한번 찍어 보자고 했다.

혈관 사진 찍는 과정이 겁이 많은 나는 너무 놀라고 무서웠다. 수술대 위에 눕혀놓고 주위로 네댓 명의 인턴과 낯선 의사들이 둘러섰다.

그토록 어렵고 무서운 검사까지 했는데 이번에도 아무 이상이 없는 걸로 결과가 나오고 또 4주의 약을 처방해 주었다. 4주가 지나고 두 달이 넘고 2년이 되도록 계속되는 통증은 숨통을 막을 만큼 괴로움을 주었다. 돌발성 이명으로 울산의 이비인후과와 한의원을 밤낮으로 찾아다니며 "내가 왜!"라는 말 못할 괴로움과 외로움에 헤다가 마침내 모든 걸 포기하기로 했다. 그렇게 현실로 받아들이기까지 얼마나 비참했던가. 수시로 난데없이 생살에 쇠막대로 뚫는 것 같은 가슴과 등의 통증은 왜 오는가? 생의 마감을 하라는 신호인지도 모른다. 아이들 모르게 2년이 넘도록 여기저기 쫓아다녔지만 아무 소용이 없었다. 이제 더 이상 아이들한테 숨길 문제가 아닌 것 같았다.

그래서 아이들에게 ○○종합병원으로 오라고 했다. 놀라서 달려온 아이들은 의사를 만났다. 의사는 그동안 진료 받았던 엑스레이 사진과 혈관사진 찍은 것들을 모니터로 보여주면서 아무 이상이 없는데 환자는 고통스러워하니 영문을 모르겠다면서 공황장애인 것 같다고 했다.

아이들은 아연실색한 표정으로 아무 말 없이 병원을 나와 차를 타고 가면서,

"어머니가 공황장애라니요. 저는 가끔 어머니를 보면서 제가 어머니 연세쯤 되었을 때 어머니처럼 하고 싶은 글 쓰면서 살고 싶었어요. 소일거리가 있고 유치원에서 구연동화까지 하시며 남들에게 존경받는 어머니가 자랑스러웠습니다. 모든 것이 안정되고 즐겁고 행복하신 줄만 알았는데 어머니가 공황장애라니요. 믿을 수가 없어요."

그동안 통증으로 고생한 어미에 대해 의사와의 상담을 통해 모든 것을 알게 된 아들은 목이 메어 말을 중간 중간 끊었다.

"어머니, 아직도 지난날의 애착을 가지고 계시진 않겠지요? 어머니는 농담처럼 매일 스스로 어리바리하다고 하시지만 우리는 지인들을 만나거나 동창을 만나면 어머니 얘기부터 시작하며 자랑스럽게 생각하는데……."

그동안 나는 날마다 악몽에 시달렸다. 길을 잃고 헤매는 꿈과 오른쪽 손목이 숟가락을 들 수 없을 정도로 저려오는 통증과 마비 같은 현상, 늘 먼지처럼 발끝에 묻어 다니는 불안감과 알 수 없는 공포증, 이명소리에 대한 자폐의식, 그리고 원인 모를 두려움과 날마다 반복되는 이 모든 것들이 등과 가슴에 박혀 나를 그토록 괴롭히는 것 같다.

친구는 병원 수간호사로 있는 가까운 지인한테서 "공황장애가 죽을 만큼 아프다는 말을 들었다."고 나의 통증이 얼마나 괴로운지를 안다고 전화했을 때 나의 통증이 얼마나 괴로운지 알아준다는 것만으로도 위안

이 되었다.

울산 수필의 회원님들 중에 정신과 의사 한 분이 계셨는데 어느 날 모임 자리에서 내 이야기를 살짝 말씀드렸더니 "저희 사무실에 차 한 잔 하러 한번 들리세요."하셨다.

그 선생님은 병원이라고 하지 않고 사무실이라고 하신 것은 정신병원 의사들의 환자에 대한 배려인 것 같았다. 하지만 정신과 병원에 발을 들여놓기는 쉬운 일이 아니었다.

정신병자나 정신이 온전치 못한 사람만 가는 곳인데 나는 머리가 아니고 가슴이 아픈데 정신과 병원을 가는 것은 맞지 않는 것 같았다. 그 후에도 참을 수 없는 통증이 계속되었다. 참을 만큼 참고 망설이다가 '마인드 닥터 병원' 문을 두드렸다.

"요즈음 사람들은 모두가 스트레스에 눌려 살기 때문에 정신과 치료는 이상할 것도 겁낼 것도 아니라."고 하시며 밝게 웃으시는 원장님은 두려움에 차 있는 나에게 용기를 주시었다. 그리고 사람이 그려 있는 그림 한 장을 내놓으셨다. 그리고 아픈 곳을 체크해 보라고 하셨다.

나는 그림 속의 사람의 등과 가슴에 점을 찍었다. 원장님은 한참 들여다보시면서 두 점을 연결하셨다. 그걸 보니 그림속의 사람 가슴에 화살이 꽂혀 있는 그림이 되었다.

"사람들에게 받은 상처가 화살처럼 가슴에 꽂혀 통증으로 나타났다."고 하셨다. 우울증에서도 올 수 있으니 빨리 나으려고 서두르지 말고 편한 마음으로 치료를 해보자고 하셨다. 순간 진작 왔더라면 좋았을 걸, 하는 생각을 하며 나오는데 병원 로비에는 많은 환자들이 차례를 기다리고 있었다.

받아온 처방전 2주 분을 잊지 않기 위해 날짜까지 써놓고 정성껏 먹었다. 그 후에도 몇 개월 동안 친절한 원장님의 상담을 받으며 치료에

열중한 결과 그토록 식은땀이 나도록 나를 괴롭혔던 왼쪽 가슴 통증이 가라앉은 듯 큰 통증은 점차로 잊게 되고 생활 속에서 편안함을 느낄 수 있었다. 이제 나 스스로 나를 이겨 보자 하는 다짐도 하며 용기도 생겼다

　간혀 있는 물은 출렁거리며 넓은 세상으로 흐르고 싶어 한다. 늘 마음을 닫고 스스로를 자책하는 지난날에 대한 집착을 버리고 간혀 있는 내 속의 저수지 둑을 무너뜨리고 넓은 세상으로 춤추듯 파도치며 달려가 보아야겠다.

　넓고 푸른 바다 출렁이는 파도 위로 하얀 무지개가 피어오르듯 이제 내 마음속에서도 불안과 자폐의식이 아닌 하얀 무지개가 높이 피어오를 것이다.

노을을 수놓다

2019년 7월 5일 1판 1쇄 인쇄
2019년 7월 10일 1판 1쇄 발행

지은이 최현숙
펴낸이 심혁창
마케팅 정기영 곽기태
펴낸곳 도서출판 한글

우편 04116
서울특별시 마포구 신촌로 270(아현동)
수창빌딩 903호

☎ 02-363-0301 / FAX 362-8635
E-mail : simsazang@hanmail.net
창   업 1980. 2. 20.
이전신고 제2018-000182

* 파본은 교환해 드립니다
* 정가 12,000원

ISBN 97889-7073-564-1-03810